U0960493

书生意气
孤胆英雄

SHUSHENG YIQI
GUDAN YINGXIOGN

刘文奇 著

姚青苗抗战文学研究

文化发展出版社
Cultural Development Press
·北京·

图书在版编目（CIP）数据

书生意气，孤胆英雄 ：姚青苗抗战文学研究 / 刘文奇著 . -- 北京 ：文化发展出版社，2025. 3. -- ISBN 978-7-5142-4654-4

Ⅰ . I209.6
中国国家版本馆 CIP 数据核字第 2025DD5295 号

书生意气，孤胆英雄：姚青苗抗战文学研究

刘文奇 著

责任编辑：安玉霞　　责任校对：岳智勇
责任印制：邓辉明　　封面设计：杭州众书
出版发行：文化发展出版社（北京市翠微路 2 号 邮编：100036）
发行电话：010-88275993　010-88275711
网　　址：www.wenhuafazhan.com
经　　销：全国新华书店
印　　刷：四川福润印务有限责任公司

开　　本：880mm × 1230mm　1/32
字　　数：110 千字
印　　张：4.75
版　　次：2025 年 3 月第 1 版
印　　次：2025 年 3 月第 1 次印刷

定　　价：55.00 元
I S B N：978-7-5142-4654-4

◆ 如有印装质量问题，请与印厂联系　电话：028-87593466

前　言

姚青苗，原名姚玉祥，字完璧，曾用名姚雨霞、姚钟，笔名白易、司马莹、王轲、桑泉等。1915 年出生于山西省临猗县陶唐村一个较富有的文化家庭，1931 年考入太原三晋高中，1932 年加入山西“左联”，开始文学创作并向报刊投稿。1935 年参加太原青年文学研究会。1938 年考入延安鲁迅艺术学院文学系。姚青苗在抗战时期较为活跃，筹办进步刊物，进行文学创作，发表作品 150 余篇（具体见文末年表附录），与姚雪垠、姚奔并称文坛“三姚”。1939 年在山西省牺牲救国同盟会出版社编辑文艺刊物《黄河》。1942 年任山西《国民日报》副刊主编。1945 年任西安《益世报》副刊主编兼《骆驼文丛》杂志主编。1947 年在北京与人创办雪风出版社，任总编辑。1948 年到解放区正定华北大学文艺研究室任研究员。1949 年回到山西，在省文联工作。1950 年调山西大学中文系执教。1956 年当选山西省政协委员、山西省文联副主席，于山西大学中文系执教直至 2004 年逝世。

姚青苗文学创作集中在抗战时期，作品题材广泛，主题丰富，形成了作者初步的艺术风格，且产生了一定的历史影响。因其创作时间较短，并于抗战结束后即淡出文坛，且无文学专著问世，至今仍未有人对姚青苗生平及抗战时期著作进行汇编，也没有对其进行研究的学术论文，造成长期的学术空白。本书首次对姚青苗及作品进行专门研究，从原始资料的收集、整理、汇编出发，为后续研究提供了可靠的史料基础，同时，立足文本细读与归纳，发掘姚青苗作品的思想和艺术价值。

本书分为四章。

第一章梳理姚青苗生平及文学活动，并对山西抗战文学发生背景进行简介，归纳影响姚青苗文学创作的多重因素。

第二章围绕姚青苗作品中的创作基点展开论述，分析其浪漫主义写作风格，并在此基础上，深入思考战时民众思想与生命价值。虽然姚青苗并未将自己的思考形成系统的思想成果便中断写作，但其作品依然表现出了作为作家对文学创作责任的承担。

第三章梳理姚青苗作品对战时本土农民形象的塑造，着重分析战争中“永恒”农民品质的新发现及其意义。对农民形象的发现，表明创作之初的姚青苗，在动荡环境中能够立足历史现场进行文学创作。

第四章分析姚青苗作品对本土自然景物的诗性写作。姚青苗在当时被称为“边疆生活的画家”，本章从其对本土自然景物的诗性寓言化写作中，分析姚青苗创作的心理旨归。姚青苗以诗性写作描写本土自然景物，为地方文学及抗战文学的研究提供了新视角，应被重视。

目 录

Contents

第一章 绪论

文学在 20 世纪的中国具有举足轻重的意义，甚至牵动整个社会的神经。

作为叙事文本，文学与历史有着紧密的联系。海登·怀特写道："从纯粹形式的方面看，历史叙事不仅是对其中所述事件的再生产，也是指导我们在文学传统中寻求那些事件结构之语象的一个复杂的符号系统。"[①]弗雷德里克·詹姆逊曾在《政治无意识》一书中说："历史不是文本，不是叙事，无论是宏大叙事与否，作为缺场的原因，它只能以文本的形式接近我们，我们对历史和现实本身的接触必然要通过它的事先文本化，即它在政治无意识中的叙事化。"[②]作为本体的历史处于不在场的状态，只能通过文本化的方式被我们所感知，也就是说，借助于叙事我们才能接近历史的本来面目。

从 1931 年九一八事变激起的抗战文学算起，至 1945 年抗日战争结束，抗战题材文学占到现代文学史的"半壁江山"，具有巨大的社会、文化价值和丰富、深刻的文学史意义。就社

①[美]海登·怀特：《后现代历史叙事学》，陈永国、张万娟译，北京：中国社会科学出版社，2003 年。

②[美]弗雷德里克·詹姆逊：《政治无意识》，王逢振、陈永国译，北京：中国社会科学出版社，1999 年。

会文化价值而言，抗战文学曾激励中华民族浴血奋战，反映出抗战时期的历史风貌，承载了民族的记忆。从文学史角度来看，抗战文学继承和发扬了五四文学、左翼文学的优良传统，并在文学民族化等方面取得了前所未有的突破。

本书通过对战时文学的独特价值进行深究细论，从而探究这种文学如何揭示和应对 20 世纪的中国精神困境。对此困境的求解，是一个历史课题，随着时代的发展，产生新的变化，期望能从研究中寻找历史的启示。

同时，作家把抗日作为透视中国国民精神的契机，将个人生存与弘扬民族大义联结在一起。人本能的生存欲望和基本的爱国理念奇妙地混合，促使普通农民平凡英雄事迹的发生。这样的描写试图还原农民抗日的真实图景，对英雄日常性的一面进行补充叙述，而与经典革命历史叙事拉开了一定的距离。本书通过对抗战时期姚青苗作品进行解读与研究，发掘作家在革命和历史重重外壳的拆解中透视的个体生存状态。

青苗先生创作的独特性是什么呢？他曾经说过这样的话：“我敬仰的是马克思，热爱的是卢梭，我是浪漫主义的小学生。”①

马克思主义、卢梭精神和创造社的浪漫主义风格是怎样在青苗先生身上交织在一起的？这要从他的成长经历说起。青苗先生，童年是在晋南地区富饶的米粮川上一座阔绰优雅的庭院里度过的。父亲是清末剧作家，著有《西施传》《杨太真传》等作品。成长环境的熏陶，使他幼小的心灵深处积淀着一抹恬

①摘自《山西大学校刊》1989 年 2 月 20 日的文章《一位老教授的肺腑之言》。

淡、忧郁的底色。蒋、阎、冯大会战，九一八事变等严酷的生活现实对他的文学启蒙产生巨大冲击。他苦闷、感伤，他看到国家的灾难、民族的屈辱，他热爱生活但不满现实，在追求、探索中大量阅读了现代作品，以寻求精神的慰藉，如郁达夫的《沉沦》、沈从文的《神巫之爱》、张资平的《苔莉》、章衣萍的《情书一束》、蒋光慈的《少年漂泊者》以及近代作家苏曼殊的《断鸿零雁记》等。苏曼殊的“文以载情”的主张，蒋光慈的早期革命诗歌以及对颓废、伤感的爱情描写，对青年苦闷和社会黑暗的揭露，都在姚青苗早期文学观念中打上了明显的烙印。应当认为，创造社的浪漫色彩和战斗风格是这位勇于求索的青年的文学观念的主要倾向。

青苗先生承袭了先辈们的创作特色，走的却是自己的路——走向实际斗争，在火热的斗争生活中创作。这是他和先辈创作的根本区别。

阎锡山先后两次将这位热血青年抛入监狱。自此，他开始以清醒的现实主义态度认识社会，认识阶级斗争的复杂性和残酷性，激起抗日救亡斗志，奋然投身于“左联”组织的文学活动，以文会友，广泛接触、结识文坛进步作家，在文学创作中主要反映处于水深火热中的普通人的生活和斗争，强化了作品中的现实主义特征。在上海他和章靳以、黎烈文、端木蕻良等作家交往，在他们主编的《文丛》《中流》等刊物上发表具有进步意义的作品。

青苗先生早期文艺思想是在阎锡山极端独裁的专制政体的迫害下，在斗争实践的搏击中逐渐形成的。法国启蒙思想家、文学家卢梭宣扬个性解放、爱情自由，强调人民有权推翻蹂躏“人权”、违反“自然”的专制政权的主张，尤其是恩格斯赏识的《民约论》中的辩证法哲学思想，对先生的文学启蒙是有较大影响的。这符合追求真理的进步青年在当时极为复杂尖锐的文坛情境中的思想追求。正是由于青苗先生广采博收古今中外作家文学风格和观念，才有深厚的文学素养和敏捷的思辨能力。

没有鉴别，就没有前进。青苗先生最终认识到了要把贫困、落后的半封建、半殖民地的旧中国，从帝国主义、封建主义、官僚资本主义压迫中拯救出来，只有彻底推翻私有制度，在中国共产党的领导下，走彻底革命的道路。于是，他就在 1938 年民族危亡的关键时刻，毅然奔赴延安，考入鲁艺学习，开始走上马克思主义的创作道路。这是在痛苦的实践、严峻的斗争中反复比较而选择的唯一道路。

他在这条道路上经过半个多世纪的创作，大致有两个高潮：一个是以抗日战争时期为主的小说创作阶段；一个是中华人民共和国成立后新时期的论文创作阶段。

姚青苗在第一个高潮的作品大部分发表在当时颇有名气的全国性报刊上，如黎烈文主编的《现代文艺》、胡采主编的《西线文艺》、章靳以主编的《国民公报》副刊《文群》、陈纪滢主编的《大公报》副刊《战线》、胡风主编的《七月》、聂绀弩主编的《新垦地》、葛琴主编的《青年文艺》、张煌主编的《创作月刊》、孙陵主编的《文艺月报》、范泉主编的《文艺春秋》、李健吾和郑振铎主编的《文艺复兴》、沈从文主编的

《益西报》、马彦祥主编的《新民报》等，以及他自己主编的《山西国民日报》、《益世报》副刊、《骆驼文丛》和《雪风》杂志等。虽然工作环境动荡不定，但他创作极为勤奋，在此期间共发表小说《中条山的杜鹃花》《摩尔盖》《黄河的激流》《沙漠的死者》《野性的黄河》《黎眉小姐》以及叙事长诗《被侮辱与被损害的》等150余篇作品。其中，《特鲁木旗的夜》与碧野的《乌兰不浪的夜祭》、端木蕻良《遥远的风砂》在当时被认为是抗战初期的代表作。《中条山的杜鹃花》(1943年)是这个阶段的重要作品，体现了先生创作风格趋于成熟。作品用红杜鹃这个艳明、鲜红的形象来象征主人公的生命与青春，以激昂、宏阔的笔调，绘出一幅血与泪、黑暗与光明、炮火硝烟与青春气息交织的画面。“恋爱在炮火中进行，更显得爱情的伟大；炮火在恋爱中轰鸣，更烘托出对敌人的憎恶与仇恨。”这样的积极浪漫主义表现手法之所以成功，主要是因为塑造了壮丽动人而富有教育意义的艺术形象，创造了热情奔放与严肃质朴的氛围，从而突出了作家的独创性和风格的多样化。

青苗先生这个阶段的一系列作品，真实描绘了晋南地区抗日战争的烽火以及在斗争中人们的思想、情感和生活，在塑造不同类型的人物形象中表现了他们的不同矛盾性格。他的作品具有浓厚的地方色彩，处处可呼吸到农村的泥土气息，字里行间充溢着浓烈的人情味和沉郁的抒情格调。作品选材严肃而宽泛，情感激昂而热烈，思想明确而深切，别具一格，激动人心。

姚青苗从1935年开始创作，写作生涯长达六十余年。1937年抗日战争全面爆发，这一年他正式以“青苗”笔名踏上文坛。

姚青苗第一篇作品《往那儿去》发表在 1935 年《自新》第 3 卷第 2 期，署名姚玉祥。端木蕻良为其代署笔名“姚青苗”发表的第一篇作品为《开顶》，发表在黎烈文主编的《中流》1937 年第 2 卷第 8 期上。作者抗战时期作品多发表在胡风主编的《七月》、陈纪滢主编的重庆《大公报》副刊《战线》、杨刚主编的香港和桂林版《大公报》副刊，以及章靳以主编的《国民公报》副刊等刊物。

姚青苗作为活动在阎锡山国统区的“左翼”作家，从 20 世纪 30 年代初到 40 年代末的 18 年时间中，有 16 年时间生活工作在国统区，只有到延安和正定的两次行动约两年时间在解放区。作为一位追求进步的“左翼”作家，他立足国统区，心怀解放区，在比较和观照中，思考着社会、文学、人生，构筑着自己的世界观和文学，有意识规避宏观政治意识形态的影响，在当时文学工具化、口号化的创作环境中，能够立足晋南地区，客观地还原该地区在抗战相持阶段中真实的历史场景。

山西省由于特殊的地理位置，在日军侵华期间即被视为“华北抗战战略支点和中国共产党抗战的立足点”①。抗日战争中，山西省作为华北抗日主战场之一，是晋察冀、晋冀鲁豫、晋绥三大抗日根据地的集中地区。而晋南地区地理位置则更为特殊，晋南中条山一带地处山西、陕西、河南三省交界，这一三角地区，在抗战时期面临的情况更为复杂、特殊，在此地的驻军有游击队、西北军和国民党中央军。1938 年前后，日军曾对中条

①陈旭清：《近年来山西抗战研究述评》，《山西师大学报》（社会科学版），2005 年第 4 期。

山地区进行了六次大规模的进攻，试图借此攻占黄河以南陕甘宁等地。

在这种局势的影响下，山西抗战文学大大向前推进了一步。一时间，社团、期刊如雨后春笋般发展起来：田景福组织了“太原青年文学研究会”；亚马、卢梦等成立了“太原青年文学工作音乐会”；关芷萍、史纪言等打出了“太原拓荒社”“最后生路社”等文学社团的旗帜；《山西党讯》副刊《最后一页》、《太原日报》副刊《拓展》月刊上，都开始发表宣传抗日、揭露社会黑暗的文学作品。林任之、张秀纯等人的艺术通讯社、西北剧社，利用戏剧宣传抗日救亡，推动了国防戏剧运动的深入发展。更令人瞩目的是，1936 年 10 月，田景福、亚马等在中国共产党的支持下，组织的追悼鲁迅逝世活动，不仅在团结山西新文艺队伍、建立山西抗日统一战线中起到了重要的作用，而且为真正意义上的山西抗战文学刻下了一个标记。

综观文艺史的发展，可以看到，在我国现代文艺史上，曾有过三次大浪潮：一是五四新文艺运动，二是左翼文艺运动，三是抗战文艺运动。而“抗战时期的文艺运动比前两次规模都大、都深入”[1]。抗战文学作为承载民族记忆的载体，在中国现代文学史上占据重要地位。

抗战文学在山西三千年文学历程中也被评为“第四次高峰”[2]。抗战以前的山西，交通、经济、文化闭塞落后。鲁迅在 1933 年 6

①文天行：《国统区文艺运动大事记》，成都：四川省社会科学院出版社，1985 年，第 26—27 页。
②崔洪勋：《山西抗战文学的历史地位和美学意义》，《三晋文化研究论丛——山西抗战文化研讨专辑》，1995 年，第 99 页。

月与太原榴花社成员的通信中就曾指出：“新文艺之在太原，还在开垦时代。”[①]抗日战争的全面爆发，在一定程度上为山西文学的发展提供了大开放的历史契机，全国各地的文艺工作者的到来，为山西文学的发展注入了生机。

出于特殊的历史原因，在国共合作统一战线大背景下，山西省统一战线又有其自身特点，“戴阎锡山的帽子，说山西话，实行共产党的抗日主张”[②]。全面抗战的局面为山西抗战文学的发展提供了新的历史机遇，如以丁玲、王礼锡等人为代表的外地作家的到来；1937 年在山西省临汾市成立的民族革命大学，李公朴、艾青、萧军、萧红、端木蕻良等均在此从事过教学及文学创作；同时，山西各地也成立了隶属中华全国文艺界抗敌协会的文协分支机构，团结本省文艺界进行抗战工作，形成了山西特殊抗日文艺统一战线。

在山西抗战文学史书写中，一般都将这一历史时期的文学队伍分为两部分。一部分是以丁玲、周立波等为代表的从全国各地奔赴山西抗战前线的许多文学团体、机构的著名作家，他们创作大量文学作品，是山西抗战文学成就的主体部分。另一部分则是以赵树理等为代表的本土作家。而本土作家，又被分为共产党领导下的抗日根据地作家，和在“土皇帝”阎锡山统治下的国统区作家。抗日根据地的作家主要有晋冀鲁豫边区的赵树理和晋绥边区的“晋绥作家”等，他们在山西抗战文学方

①鲁迅：《致榴花社》，《鲁迅全集》（第 12 卷），北京：人民文学出版社，2005 年，第 409 页。
②苏春生：《山西文学批评书系：走向民间与回归传统》，太原：山西出版传媒，2012 年，第 25 页。

面成就很高，影响深远。曾活动在阎锡山国统区的作家，有姚青苗、碧野、蒋弼等。碧野的《奔流》《儿童队员之死》，周而复的《夜袭》，冯夷的《中条山的梦》，于黑丁的《火场》《野祭》《母子》，曾克的《奔》《掩护》《爱》，蒋弼的《我要做公民》《多多河》等，这些作品在国统区产生过一定影响，却长期被文学史遗忘，未得到公允评价。

1994年，严家炎主编了一套“二十世纪中国文学与区域文化丛书”。他在《总序》里说道：“对于20世纪中国文学来说，区域文化产生了有时隐蔽、有时显著，然而总体上却产生非常深刻的影响，不仅影响了作家的性格气质、审美情趣、艺术思维方式和作品的人生内容、艺术风格、表现手法，而且还孕育出了一些特定的文学流派和作家群体。”[①]

姚青苗等这些曾生长于本土、活动在阎锡山国统区的知识分子型作家及其在抗战期间发表的作品，无论是创作数量还是艺术质量，姚青苗都是遥遥领先的。因此，对于这类作家及其作品的搜集、整理与研究，具有一定的文学史意义，在一定程度上填补了长期的学术空白，而对于该地区文学史的书写、研究更具有深刻的意义。这些作家在抗战时期为书写民族兴亡、抒发人民情怀所进行的创作，构成了融时代精神、民族利益、地域环境于一体的审美品质。文艺民族化、大众化的问题，一直是五四新文艺运动以来未能很好地解决的问题。然而，当文艺工作者把文学艺术同民族命运和人民战争联系在一起的时候，

①严家炎：《“山药蛋派”与三晋文化·总序》，长沙：湖南教育出版社，1995年，第3页。

这个问题便得到了圆满的解决。山西抗战文学就是以全新的姿态和面貌出现在中国文学史上，具有鲜明的民族化风格和大众化特征。

抗日战争是全体中国人民共同反抗侵略者的战争，所以，宣传抗日，唤醒民众，组成广泛的统一战线，号召全体中国人民都来参战，保卫自己的国家和民族，这是抗战文艺的神圣使命。因此，抗战一开始，文艺的民族化、大众化问题就受到人们普遍的重视。《新华日报》在为“中华全国文艺界抗敌协会”成立而发表的社论中曾明确指出：“文艺的大众化，应该是全国文艺界抗敌协会的最主要的任务。”

钱理群等在论述抗战文学时指出：“‘救亡’压倒了一切，文学活动也就转向以‘救亡’的宣传动员为轴心。‘五四’以来新文学作家始终关注的启蒙的主题，包括‘个性解放’或‘社会革命’的主题，在国难当头的时刻，也都暂时退出了中心位置。”在抗战文学中，根据地、解放区的作家，从正面反映了抗日战争的艰苦卓绝，塑造了农民、士兵、干部等先进英雄人物，体现了抗战必胜的时代趋势。

而姚青苗等国统区作家，继续恪守五四启蒙精神和思想，表现国统区、二战区以及国军部队的真实情状，真实揭示日军侵略下的黑暗、破败情景，发掘战争中各种人物的人情、人性乃至国民性，创造了别样的抗战文学作品。这样的作品恰恰是对主流抗战文学的一种补充、丰富，同样具有社会和艺术价值。

在小说中表现更真实、更深切、更丰富的战时生活，是姚青苗的执着追求。关于文学的真实性，现实主义始终强调生活的真实。姚青苗则认为，艺术再现现实生活中的真实性时，是个极为复杂极为艰苦的任务，这个加工过程是艺术创造的最重要的关键。现实生活中的真实说到底是艺术家进行创作的原料，因为他们的创作方法及文学流派之不同，其加工和再现现实的方法也不同。

对于姚青苗，在目前的出版市场上，仅有一部关于其中华人民共和国成立后的文论著作，对作者在抗战时期发表的文学作品则仍未进行整理，更未开展研究。对姚青苗的关注，也仅集中在地方性文学史资料，如《二十世纪山西文学史》《山西抗战文学史》《山西现代文学大系》等。

本书通过对姚青苗在抗战时期发表的作品进行文献搜集、史料鉴定、文本细读和归纳研究（姚青苗抗战时期发表的作品多为小说、散文、通讯报告等），将姚青苗放置在山西抗战这一宏大的文学史背景中，去发掘作品艺术价值。本书对于姚青苗作品文本的分析及评价，则回归到“艺术作品的本源”[①]，立足作者个体在当时历史时期具体的文学活动，通过“思想的力量”分析、挖掘在姚青苗作品中起支配作用的内在本质与核心的现实性，充分依托艺术作品自身内在的自足性，进而完成对其作品文本的分析与研究，实现“从作品到艺术和从艺术到作品”的“循环”[②]，进而找到支配作品的“艺术的本质”。领悟作者在创作时交织着复杂丰富情感的深层意念，体会作者渗透

①[德]海德格尔：《林中路》，孙周兴译，上海：上海译文出版社，2004年，第1页。
②[德]海德格尔：《林中路》，孙周兴译，上海：上海译文出版社，2004年，第3页。

于创作过程中对艺术形象塑造起到一种无形导向作用的意念和心理活动，分析其中透视的作者的文化观念、作者对社会的认识及情感体验、作者的个性气质，以及作者的审美心理，从而在研究材料与文献欠缺的条件下，对姚青苗的文学创作做出一个较为贴切、合乎事实的评价及定位。

本书主要完成了以下两方面工作：首先，全面梳理姚青苗的创作历程，对作家个人生平和创作情况进行细致的梳理，为后来者的研究提供了可靠、翔实的史料基础。其次，以文本细读和归纳分析为基础，对姚青苗作品中的基本母题和艺术特色进行较为准确的描述，遵守实事求是的历史主义精神，呈现真实的文学史风貌，丰富读者的历史认知，脚踏实地考察其作品中抗战时期文学与政治、经济、法律、军事、外交、文化、教育、自然灾变诸多方面的关联，考察文学所表现的社会风貌，考察作品中社会文化生态对文学风格的影响，使姚青苗创作特色和艺术个性得到多方面的呈现。

第二章　姚青苗作品创作基点

第一节　现实主义与浪漫主义兼具

姚青苗曾在写于1943年的《散叶集小序》中自述道：“我在六七岁的时候，就听着我家的仆人老鳏夫对我讲着故事，我是很爱听故事的，从此我感到生活里有了‘盐’。一个理想鼓舞着我，我希望将来能像济公和尚一样云游四海；同时我想，我如果能有济公和尚那样的本领的话，我一定要替人类做许多好事情。”

姚青苗写作风格偏于内省和思悟，呈现出二元对立与兼容的创作心态，时而乐观、时而忧愁，作品整体是在一种平缓、沉郁、忧愁的格调中思考着创作。姚青苗的作品更多的是对处在苦难中和正在摆脱苦难的中国民众尤其是北方农民的群像雕塑。也有一些创作是投身革命后的知识分子自我灵魂的剖析和反思，以及对往日生活的回顾追忆与对未来生活的向往和展望。

姚青苗作品题材“宽泛而精锐”，在对于革命题材的写作中，既有对于抗战团体内部矛盾的关注，又有对于敌人内部战争情绪的书写；既有对华北地区汉族普通民众的抗战的书写，又有对少数民族及绿林好汉抗战的书写；同时也关注青年知识分子在战时的微妙心境。姚青苗书写战争中青年一代爱情之作，也成为代表作者风格的重要作品。

在作品中刻画各种各样的人物形象，是姚青苗小说的又一显著特点。第一种是各种类型的青年形象。中篇小说《暴风雨下的几个女性》，描述了日军入侵山西时，一所女校的学生，爽秋、沙雁、玉莲、黎明等的人生命运与前途选择，表现了一代青年的茫然、探索、成熟。《古城的喇叭》带有自传色彩，用古城的喇叭、军号声串起了“我”的一段人生经历，我在流浪中的苦闷、失望、探寻、自强，写得真切动人。第二种是战乱中的绿林好汉形象，如《绿林》中的土匪最终转变为一支勇猛的抗日游击队。第三种是胆小的知识分子形象，如《胆怯的医生》中的小城喉医耿士英，有文化、医术高，但养尊处优、自视清高、心胸狭窄，是具有传统文化负面性格的人物形象，有独特的思想艺术价值。如上所述的几种人物形象，在主流抗战小说中是不多见的。姚青苗是能写出现实主义个性化人物的，但他更偏爱的是浪漫主义的主观化、理想化的人物形象。他在作品中大篇幅地描绘地域环境、自然风景，把人物放置在宏大背景下去刻画，遂使一些人物淡化不显，或带上类型化特征，这是他创作上的一种局限和弱点。

作者虽没有否定现实的真实，但更强调作家的主观加工，正是这样的文学观念，使他在描写侵略战争时，不仅写了战争外在的残酷、破坏，同时也写了人们内在的恐慌、抵抗。譬如《苍头》中写日军在苍头村的汾河两岸，建了一座桥和一个碉堡，在桥上百般作恶：竟然逼着乡民轮奸妇女，让父亲强奸女儿；抓住为游击队发暗号的小疙瘩，像抛球一样将其抛起摔下，最后砍下脑袋挂在碉堡上示众。其狠毒、残暴、非人性，令人发指。但作家同时写了在白色恐怖中，民众的默默对抗、人与人之间的义气和互助、游击队神出鬼没地打死了日军红鼻子太君，让人们看到了正义的力量，看到了抗日的希望。其中蕴含着作家对战争、对民众的思考。

姚青苗还在多篇小说中提出了一些敏锐的社会问题。《绿林》写“我”所在的国军部队开赴武汉前线参战，后又奉命返回。“我”与五位伤病员被土匪捉拿，押上山寨强逼入伙。在以后的一连串事件中，“我”逐渐认识到这支绿林武装力量是痛恨日本鬼子的，是热爱故乡和百姓的，最终成为一支独立而勇猛的抗日游击队，汇入了伟大的抗日洪流中。小说形象地揭示了抗日武装力量的复杂性、多变性，绿林、土匪在抗日斗争中的转化与成长。《心谏》揭示的是国军抗战部队内部的互相倾轧、自毁长城的乱象。前方的部队同日军进行殊死战斗，而后方的部队祸起萧墙，设计害人。“我”和另外两位同志被污为“异己分子”“反革命”，而受到严厉惩罚。当“我”即将被押到司令部时，夜里做了一个梦：剖出自己的心肝，让上司验视，“是一颗热爱祖国儿女的心，抑或一颗卖国贼的心”。这样的情节惊心动魄，令人深思！

姚青苗对于革命的书写，是紧扣时代的。如原载于 1944 年 3 月《文艺杂志》上的《生活风景线》一文中，将耍猴人的猴子取名“汪精卫”，小孩子们都拿着旗子，一边唱歌，一边喊着打倒“汪精卫”。而这一类似情节，也在其他作家作品中有所体现，如蒋弼发表在1940年《抗战文艺》第6卷第2期的《多多村》中，在小三子喂牛的场景中，赵老师对他逗趣，“往近喂，往近喂，往近喂就是大汉奸……日本……”小牛就咬了小三子的指头。而1948年写于北平的《期待》，构思巧妙，以在内战中死去士兵的魂魄回家为线索，抒发了人民对内战的不满，“我们的血汗养肥了地主和贪官污吏还不够，我们已经沦为牛马还不够，而现在他们又将我们驱上了屠场，鬼知道我们为了什么而打仗，拼命”，与西方同一时期“反战”主题遥相呼应。

写于1940年6月的《心谏》基于作者个人真实经历“有因而作、有感而发”的作品被胡风赏识，并将原有标题《芥子河的夜晚》改为《心谏》，发表在《七月》第6集第1、2期。作者写了一个老实进步的爱国青年在“拼命工作和学习，把千万的民众动员到战场上来”，却被诬陷为“异己分子”遭到逮捕的苦闷心情。押解的士兵多次想在途中“帮忙”释放“我”，“我”却已经做好了“像比干一样剖开了自己的胸膛”，让司令部的人们检查“这是一颗热爱祖国儿女的心，抑或一颗卖国的心”。对于自身的清白及司令部的审判，“我”充满了信心，“就是万一不幸降到我的头上的时候，我的理想和精神也会胜利的，他们终究有一天是会恍然大悟的”。《古城的喇叭》一文中写道：“一九三七年的残秋，当神圣的烽火燃遍了华北的时候，这古老的小城像一个老人似的向着朝阳站起来了。我初次在这耻辱的土地上听见了自由解放的歌声，我看见成群结队的男女在街头咆哮着，挥舞着他们的拳头。黄昏里，那灰蒙蒙的风沙里不再有喇叭的呜咽了，而响在那牙齿似的雉堞上的，却是冲锋的号角……古老的小城不再忧郁了，它歌唱，它笑，它像巨人一般的咆哮着。我爱那带着漠北情调的蒙蒙的风沙，我爱那喇叭的呜呜呜的呜咽，虽然这声音是忧郁的，寂寞的。而当我再返回这古城的怀抱时，我却愿意听它为我吹出一段劫后的哀歌……”

姚青苗作品，大部分是基于对战时人民生活方面的写作。如《往那儿去》从女儿翠翠的视角出发，讲述了农民生活的贫苦，在乡间发洪水后逃离到城市，依然不知何去何从。《某城风景》《生活风景线》《墟》《穷巷》等作品则描绘了战争中破败的城市景象。如《某城风景》中，城市已变成一座坟墓，农民进入城市，成为城市中第一批流浪者形象。《母亲》则以儿子来背母亲逃难为线索，描绘了战争对人民的残害。《流民图》更是刻画了群众逃难的悲惨画面。发表于 1942 年的《收获时节》，叙述了战争背景下农村收麦的场景。《在更房里》描述了冬夜的农民在更房里交流集会的温暖场景，那是多么“令人神往”的往事啊：

更房是村里打更的更夫住的地方。地址在村庄一角的一座祠堂里，里面有一条足以容纳三四十个人的土炕，炕旁边有一个很大的火，烧的是村中的官柴。因为是官柴，大家拼命地剥柴，谁也不心痛的……

夜幕降临了，是吃过晚饭以后，主妇们和老太婆都蛰居在那永芬和枯叶烧的热烘烘的土炕上，陪伴着她们的是一盏结满灯花的清油灯。主妇们坐在炕头的纺车边纺着纱线，小孩子则卧在老奶奶的怀里，听着从那光了牙的嘴里讲出的故事。生活永远是这么寂寞，平凡，单调，几百年前和现在一样，男人们无法消磨这漫长的冬夜，所以在吃过晚饭后，便把烟袋插在口袋里，到更房里聊天去了。

假如说，我有生以来第一次对人集会与活动的中心发生了兴趣与热情的话，那恐怕就是这挤满了农民的更房里吧。那生满白发蓬乱的脸庞与满是茧的手，手背粗裂得和枣树皮一样，那些吃辣子吃胀了眼睛与粘着糖皮和米屑的不整齐的牙齿，那些发着粪土气息的土老布衣服，那些粗野的喧嚣与口吃的争辩，至今还牢牢印在我的脑海里。

《候鸟》中漂泊的外乡人，辛苦地为别人种地，自己却如同候鸟般没有家，生活永远在辛劳和奔波中过去了，永远地劳动着，而永远没有余裕。但这又有什么办法呢？对于他们，生活永远是一样的，无论到什么地方也不会变好的。他们的血汗在别人的土地上结了果实，这群可怜的候鸟，他们并不是没有家，但他们的家却早叫黄水吞没了。于是，他们就这样地流浪着，一辈子也找不到归宿。《梅小鹤》讲述了一个小学生梅小鹤作为一个客家人“住户”的孩子在私塾被同学欺负的故事。《庆云庵》则讲了灵儿不愿出嫁，执意修佛的故事。《妖》描写了老人去世后一群人争抢遗产的生活场景。《老魔鬼》刻画了一个六十几岁的臭财东的形象，作者以少有的诙谐、幽默的笔调描写了他以各种方法讨债的经过。“除了金钱在烧着他的心而外，整个世界都对他成了僵尸。”《发的故事》讲述了姑母短暂的一生，只在突然发现自己有许多白发后“激动”“愤然”，“我从来没有见过她这么兴奋过的”，随后便瘫了。

姚青苗作品中，也有涉及少数民族抗战题材的。在20世纪二三十年代，抗日救亡成为整个中华民族的核心利益和核心话语，国家民族主义被动地成为民族主义的核心思潮。一方面，在真正意义上的“外族”“异族”以吞并全中国为目标的大规模入侵下，以及跨入现代民族国家之门的中国，国家边界、国家主权、国民与国家利益空前清晰起来，“亡国”危机成为一种明确的被广泛认同的国家意识，“宁做战死鬼，不做亡国奴”便是最后的写照。

我中华民族是最古老的民族之一，却始终维持着年轻的面貌。我们民族不仅没有衰老，而且是在继续发展着的。这个民族是永远不会衰老的！

而发表在1942年7月的《吹鼓手》，则对革命队伍中的农民形象进行了剖析。“朝庭”这一角色的塑造，酷似鲁迅笔下的阿Q形象。“朝庭”平日是乡间的一名吹鼓手，吹鼓手的乐人平日“是乡间最底下的阶级，简直连剃头修脚的也不如”，而如今都获得解放，去当游击队了。而这些乐人们组成“馍馍队”的成员，大都是些光棍和鸦片鬼，枪支破损，一点纪律和秩序都没有，看那样子像是一群武装的乞丐一样。贪生怕死的“朝庭”，夜晚做着升为参谋长“登龙”的美梦，梦见整个琉璃坝的人都拜倒在他脚前了，老红鞋的女儿小桂香也跪在他的脚前挽着他的衣襟要嫁给他。梦中的他被小桂香、金边制服、大洋马这些人或物“像魔鬼一样”引诱着去参军，白天却躲在田野，怕被拉去抬伤兵。作者真实地写出了农村游击队成员的素质，真实地表现了部分农村游击队成员想要参加游击队的目的。

而《中条山下》则写了进步青年在革命中所遭受的“阴暗”待遇。作为抗敌后援队一分子的李薇，是某女中三年级的学生，而她的同学江风，由于“想把自卫队和游击队联合起来”，被土豪劣绅诬陷为“别有阴谋和野心”，最终被砍七刀致死。此时的晋南地区，游击队工作相当复杂，各县相继沦陷，“游击队多如过江之鲫，土匪遍地皆是，往往一县有七八支游击队，时常发生内讧和互相缴械的事情”。更有甚者，“自卫队和游击队刚一合并，便又分裂成四五股了，有一股居然拥护维持会，到城里日本军的司令部去领枪械去了”。渴望救国、报国的进步青年却惨遭杀害，“我”为此奔走，找到正规军两位政治主任，才设法干涉此事，将被押人员释放。

此外，《永恒的仇恨》也讲述了一个有钱人家的少爷是一个有名的游击队长，却被奸细出卖杀害，妹妹进城为哥哥复仇的故事。作者笔下的“革命”叙事，真实地记录了历史现场中、“革命”队伍中，尤其是自身革命队伍中所存在的“光明”与“阴暗”。

作品中的景物描写，几乎呈现出“灰茫茫”“黄溷溷”等色调。作品中的人物描写也别具特色，尤其是人物眼神的刻画。姚青苗笔下各个年龄、各种职业的人物眼神，均呈现出“呆呆的”、沉默不语的感觉，眼睛淌着酸泪、在冥想着什么、脸像枣树皮一样干枯，而生活似乎永远都是寂寞的、呆滞的。如《琉璃堡》一文结尾作者所宣泄的："什么幸福，爱情，希望……那不过是梦呓罢了，在这个世界上真能得到它的有几个人？"或是在《穷巷》这篇描写战时城市生活的作品中，流露出对于这种低气压生活的厌恨之情，"向着这卑污的长满着疥疮的城市吐了一口憎恶的唾沫，又像一只饿犬似的到别的城市里流浪了"。不同程度地表露了作者战时生活的苦闷与压抑。

而在《饮马河边》一文中，姚青苗通过对故乡的回忆，抒发了对于故土深沉、浓郁的爱。"我在经历了劫难后的家园便又徘徊在那萧萧的白杨下了，我的心是异常的沉重，我好像在地狱里旅行着似的，当我站在清澈的池水旁边照着影子时，我发现我的影子也是在颤抖着，泪珠像一条银线似的从我的眼睛里挂了下来。"由于作者活动在国统区，这种客观环境，使作者的人生观和创作观具有矛盾交织的分裂感。

抗战相持阶段的现实环境，也要求作家从战争初期情绪化、口号式地描写爱国热情，进入更深层次对战争的思考，对于真实历史语境与战争中的"人性"进行深入剖析。

姚青苗对于战争的书写，结尾时常可以看到对革命希望与光明的号召。就《马桂花》一文来说，对于革命女性马桂花的塑造，文中两次出现"春天，这充满着愉快的、充满着生命的气息和青春激流的春天呵！"通过投身革命的女性之口表现出姚青苗对于革命光明的期待。"革命把我们从痛苦里救出来，我们也当出力报效……开荒比打仗还要紧，因为士兵没有粮食是不能去打仗的呀……"而在《山上》一文中，在被汉奸引诱，敌人血洗村庄之后，姚青苗在作品结尾，仍为读者描绘了一幅宁静的乡村生活场景。“醉红色的鲜艳的落日的光辉射在寂寞的村落里，薄雾似的暮霭像淡淡的烟缕一样罩在峰峦间，高粱叶子在晚风中簌簌地呢喃着。……呵，多么美丽的一幅画景呀！”乡村的生活似乎并没有受到战火的影响，读者从中体会出一种于无声处却又坚不可摧的力量。

而《中条山下》中，当青年学生江风被残杀，作者虽然发出了“人生是多么的恐怖呵！”的感叹：

我又仿佛陷身到日间中条山的战争里了。……雾一样的浓烟，隆隆的炮声和爆竹一样的枪声，满山的血花，震天撼地的呼喊……忽而又是一群鬼怪，红脸的，白脸的，地窖中的饿鬼像石头一样睡在地下惨笑着。

但又随即转为希望，“我的行程还遥远得很，虽然浓雾还紧紧地包围着我，但太阳却快要出来了”。

这样一种对立融合、矛盾分裂的创作，在1940年《古城的喇叭》里更加彰显，文章有对光明和希望的表达，“一九三七年的残秋，当神圣的烽火燃遍了华北的时候，这古老的小城像一个老人似的向着朝阳站起来了……而响在那牙齿似的雉堞上的，却是冲锋的号角”。

姚青苗对于战争动荡环境中青年一代爱情的书写，在当时文坛是比较少见的，常将青年的爱情与民族危难的时代背景相融。对于爱情故事结局的设置，鲜有终成眷属的团圆结局，而是赋予了作品“爱情里有牺牲精神，才是高贵的”思想内涵。

对于这种设置，作者是有意为之的，也是其自身生活态度的呈现：“生活是美丽而又恐怖的，幸福是用鲜血换来的，只有在真理和正义的沃土中，爱情才能茁壮地成长和发展起来。”[①]

如在其代表性作品《中条山的杜鹃花》中，作者就将主人公的爱情故事与民族苦难兼容，将女主人公杜鉴的结局设置为牺牲，并融入浪漫的写法。临死前，杜鉴对恋人说：“亲爱的，给我……一朵……杜鹃花……”作者赋予了杜鹃花爱情和生命的象征。凄惨的爱情结局，刺激着她的爱人，曾经比较懦弱的碧生，最后奋勇投身革命。

《中条山的杜鹃花》充分体现了姚青苗的创作思想和艺术风格，是他真正的代表作。但这部作品为什么默默无闻呢？原因有几个方面：一是原发刊物，即孙陵主编的《文学杂志》只是一般文学杂志，影响有限，且生命期很短，只出版了两期；二是小说用浪漫主义手法书写了战争中的爱情故事，在思想艺术上有别于主流的抗战题材小说，文坛和读者对其难以把握。

姚青苗在小说中首先描写了这座大山和这片厚土的古老、神奇、美丽，这里的民众生活平静、古朴、守旧。但在抗战开始后的第四五个年头，熊熊的战火燃烧到了这里。当时驻扎在中条山的有国民党正规军、西北军、游击队以及地方武装。日军运用中央突破和钳形攻势相结合的战术，分三路进攻，意在打通山西通道，占据黄河各渡口，伺机进犯中原，袭扰西北。在不到一个月的时间，日军发动了最猛烈的进攻和频繁的扫荡。

①姚青苗：《秋夜小记》，《在燃烧的土地上》，姚宝瑄等编，太原：北岳文艺出版社，1988 年，第 275 页。

中国军队奋力抵抗，也打过几次硬仗，但最终节节败退，直至全线失守。共产党领导的八路军积极出援，配合国军作战，策应其撤退。这是一次残酷的战役。抗日战争中，国民党正面战场在山西境内进行过两次大规模作战，第一次是忻口战役，第二次就是中条山战役。这两次战役都被写入中国现代历史。姚青苗这部中篇小说，就是以中条山战役为背景的，但他截取的是战役“尾声”中的一段，真实地折射出战役的残酷。小说讲述了中国军队某部几位年轻文职人员的逃难，两位年轻人碧生和杜鉴的患难爱情，以及最后的渡河脱险。同时，姚青苗也借人物之口对中条山之战的败因作了反思和总结。

这部中篇小说，蕴含了作家的人生经历以及与他交往的人物故事。1938 年，进步青年姚青苗一边投身抗日宣传活动，一边潜心创作小说。这时，在中条山西北军某独立团做文化宣传工作的林间夫妇，“以鸡毛信的方式把我招呼到中条山里”，和他们一起工作。从此，姚青苗走进了晋南的抗战斗争中，前后达三年之久。他与林间夫妇在中条山走访过许多农村、乡镇，目睹了人间地狱般的战场情景，创作了纪实小说《幽灵》。而《中条山的杜鹃花》就是“以我的朋友林间夫妇为模特的”。这一时期，作家还写过一篇报告文学《中条山下》，刻画了一位性格爽朗、作战勇敢、在与日军作战中壮烈牺牲的杨副团长的形象。这两篇作品中，都有林、苹、“我”三个年轻人，写的就是林间夫妇和“我”的故事。

20 世纪三四十年代，西方现代文学一方面展现、讴歌反侵略战争的胜利，抗战军士和民众的英勇；另一方面也在反思战争的残忍，揭示生命的尊严和价值，形成了一种“反战”文学思潮。最有代表性的是苏联作家瓦西里耶夫的小说《这里的黎明静悄悄》。但在中国的抗战文学特别是主流抗战文学中，这种文学思潮并未激起多大的涟漪。而在姚青苗的这部小说中，我们似乎看到了作家对战争的反思。他用泼墨般的笔法，描画中条山的古老、优美，揭示民众在战火中的挣扎、死亡，正是对侵略战争的控诉、批判。他用饱含感情的语言，叙述战士、军官们的日常生活、青春爱情、战场献身。我们被他的作品凸显出的战火中的美的自然、美的人物感动了，被作家深沉、开阔、激越的思想和情感震撼了，被作品新异独创的艺术表现和叙事语言吸引了。尽管小说还不是那么完美无瑕，带着战乱时代的某种粗粝，但依然掩不住它的艺术光华。空间的阻隔，时间的流逝，并没有削弱它丰沛、恒久的艺术魅力。

《中条山的杜鹃花》具有浓郁的浪漫主义情调。崔鸿勋在一篇文章中说：“记得在一个初春的假日，去草窗斋拜访先生，当谈及浪漫主义时，他由高尔基谈到他在抗战时写的小说《中条山的杜鹃花》，对高尔基的《少女和死神》大为赞美。他认为这部高尔基的伟人诗篇描写了爱战胜死，创造了极为雄伟的浪漫主义诗作。”高尔基的《少女和死神》是一篇美丽的寓言爱情诗，作家刻画了沙皇、死神、少女三个形象，演绎了一幕爱情战胜死亡、善良战胜邪恶的爱情悲喜剧。姚青苗年轻时就喜欢创造社、太阳社的浪漫主义作品，并形成了以现实主义为根基、浪漫主义为主调的创作方法。《中条山的杜鹃花》驾轻就熟地运用了这样的表现方法，借鉴了高尔基爱情诗篇的艺术思路。在他的笔下，中条山的山峰、山谷、山泉、村庄、道路、树木、花草、野兽、鸟类，刮风、下雨、闪电、打雷，甚至太阳、月亮、朝霞、斜阳等，都逼真细腻，生动传神。他把自然环境与故事情节的推进、与人物的性格心理结合起来，让事件、人物与自然环境融为一体，从而创造了一种广袤、丰富、壮丽、神奇的天地大舞台。而各种人物又是舞台上的主体，演绎着人间的一幕幕活剧。

《中条山的杜鹃花》谱写了一曲凄美悲壮的爱情颂歌。作家说，小说“写的主要是敌我矛盾，在民族危亡时期，战火熊熊，日寇疯狂地推行无人性的‘三光’政策时，一对青年对理想和爱情的追求”。故事的背景，自然是那场充满血与火的中条山战役，但作家避开了对战争的正面描写，而把艺术目光聚焦在了两个失散逃难的年轻人身上。军队某部报社的年轻编辑碧生，奋斗剧社的女演员杜鉴，他们在战乱中相遇、互助，男青年危难救美，女青年以情相许。

他们的爱情是灿烂的，却是短暂的；是喜剧的，更是悲剧的。在突出重围、奔向黄河岸边时，杜鉴不幸被日军的枪弹击中，弥留之际她向碧生请求：“亲爱的，给我……一朵……杜鹃花……”碧生含着悲痛和眼泪，把一束鲜花献给情人，又把她安放在隐蔽的深坑中，然后走向战场，渡过黄河，几经辗转，进入太行山革命根据地，成为一位“勇敢、坚强”的革命战士。经历过一场惨痛的战役，体验过一场悲伤的爱情，这位年轻人真正成长、成熟起来。作家用一幕凄美悲壮的爱情，反衬、反思了侵略战争的残忍和罪恶，彰显了青春、爱情的美丽与崇高。

《中条山的杜鹃花》充分运用了现代象征表现手法，突出了作品的浪漫情调与思想意蕴。作品几次写到山野中随处可见的杜鹃花，开得俊美、绚烂、热烈。最后，生命濒危的杜鉴，唯一的期望就是让碧生给她采一朵杜鹃花。在这里，杜鹃花有着丰富的象征内涵，象征着青春、爱情，象征着理想、国家。滚滚烽烟、珍贵爱情、灿烂山花，是一幅多么可歌可泣的抗战图画！

而同样描写青年一代爱情故事的《星花》一文，也被作者设置了相似的结局模式：文学研究会成员苏豪渴望将“自己像木屑一样投到革命的火炉去”，丢下恋人惠，奔赴前线，并安慰她“你牺牲了暂时的爱情，正是对于民族的贡献”。

写于 1946 年的《中条山下》，刻画了江风和李薇这样一对恋人，将战争年代的爱情彰显得格外圣洁，“一种神圣的纯洁的力量在鼓舞着我，生命，青春，爱，在这一瞬间都从我那阴暗的心头迸裂出来”。

而《阳春曲》构思更为精巧，写了一对在战争中结合的青年人，决定去战时无人区度蜜月：

所有的农村都从冬日的寂寞和宁静中苏醒了，春风在飘荡着，带着北国的风沙与冷峭。这黄浑浑的风尘以雄壮的胜利的呼唤向我们召唤着，向五百万为了争自由的人民而召唤着，我们迎接着日寇的进攻，粉碎了加在我们身上的枷锁和那些血腥的迷梦，我们以愉快的健壮的心情迎接了这战斗的春天。

“我们”在战斗里相遇，在日寇九路围攻扫荡××山的时候。“我们”的爱情里满是辛酸和苦难，“我们”的爱情里燃烧着民族的仇恨，“我们”的青春在战斗中爆发出火花来。

“我们”爱土地，爱人民，醉心于自由和崇高的理性。“我们”的心是一个火焰，我们像无羁的野马一样向理性的王国奔腾着。

一个月后，“我们”在劫后的土地上重建了繁荣的村庄，与人类中的“两足兽”法西斯作斗争。“在废墟上又盖起屋宇来，我们挥汗如雨地在和土地奋斗着。我们是永不能被征服的，我们在血腥的苦难的大地上站立起来了。”

承传五四文学的启蒙思想，揭示战争状态下底层社会的贫穷、愚昧、迷信，普通民众的麻木、奴性、堕落，是姚青苗小说格外突出的思想艺术特点。作家在多篇小说中，描述了日军铁蹄下的偏僻乡村，让人震惊、反思的情景。《马泊头》中的马泊头村，遭受日军的烧杀抢掠，全村一片混乱、悲惨。有请来先生、石匠，为受辱而自杀的女儿立烈女碑的；有装神弄鬼，捉妖驱邪的；有依照风俗，操办丧事的；有苦中作乐，男女厮混的……尽管有人悄悄上山去找游击队，但整个村庄沉浸在封建、迷信的黑暗中。

在描写少数民族游击队抗战的故事中，作者同时将爱情的苦闷与革命斗争兼容起来。叛徒汉奸阿害正是金红召的情人，金红召却还要一路押着情人，将其送至喇嘛庙处死。而农村中青年一代的爱情叙事，也逃不开与民族存亡的联系，《柳河上》中，被抽到的渔女正是金生的恋人水仙子，“这一对天真痴诚的青年平日是无忧无虑地生活着，而今在这使人战栗的风暴下，他们初次感到了那生命的美丽和恐怖”。终于激怒了金生及柳河上的百姓，不再怯懦，与鬼子作战。

卢梭在很多方面启发了流亡文学。流亡文学由于源于卢梭，在一定程度上传播了他的影响。“流亡者不可避免地属于反对派，反对什么因人而异，在很多情况下，两者他们都是逃避的，这时他们的反对具有双重性。”[①]姚青苗将个人爱情与民族命运相结合，这在当时是少有的。姚青苗在论述战争中的生死观时，也曾指出“我常常赞美着死。为了生，死并不是可怕的，世间没有比殉道者的鲜血更珍贵的东西！”[②]而发表于 1943 年的散文《沙漠上的海鸥》，则是作者以寓言故事的形式表现了其渴望“自由”的心境：年轻而骄傲的海鸥，是“宇宙间一枝美丽而纯真的花朵”，被狂风吹到“永恒寂寞”的沙漠上，“自由开始生锈”。没有知音的海鸥，成了孤独者和厌世主义者，但随后被长者安慰“宇宙变化是无穷，海将来还会来的”。虽然后来海鸥被淹没，但“灵魂没有死掉”，“他是沙漠中的火花，他是自由的种子，凡是为自由死的，都将永生”。

对于有些作品，选题新颖有意义，却在写作过程中偏离了主题，削弱了作品的思想意识。如《马泊头》一文，作者最初立意是写战争对于村民的觉醒的作用，却在文本中对于葵三老爷一家人所遭受的苦难过分描写，反而忽略了马泊头村的村民所遭受的苦难，显得故事立意不够鲜明，使表达力降低。

①[丹麦] 勃兰兑斯：《19 世纪文学主流流亡文学》，张道真译，北京：人民文学出版社，1997 年，第 273 页。

②姚青苗：《十日谈：语箭篇》，《国讯旬刊》1941 年第 257、258 期。

同时，也由于其创作经验和个人阅历的有限，在仓促的写作中，对自己的宏大的“战争哲学”的思想未能思考成熟，便中断了写作，较为遗憾。其作品选材广，某种程度上也削弱了其在某一主题上的深度挖掘，削弱了其作品的整体表现力。有的作品选题较为传统，读来好似模仿大家之作，如《穷巷》一文，仍然是知识分子“归来—离去”式的传统写作，没有发掘出新意。部分作品写了战争对于城市的破坏，却流于现象层面的铺陈与描绘，也没有写出更深的意义，如《鬼市》《生活风景线》等，不一而足。

姚青苗书写战争的作品，整体上呈现出平缓、沉郁、忧愁的基调。作者对本土生活和战争写作的感情色彩是截然不同的：书写本土生活的作品，主体部分弥漫着对于生存之苦的忧虑，结尾处常陷入忧郁与消极；书写战争的作品，则常以对革命前途充满希望与光明的号召为结尾。如《阳春曲》中写道：

历史是悲惨的，同时又是光荣的。我们的远古的祖先曾经和野兽在这世界上搏斗过的，那是一个伟大的残酷斗争，那光荣的历史是用血写成的。现在我们拭去了历史的尘埃，又以血泪来涤荡我们的耻辱了，但我们的仇敌不是野兽，而是人类中的两足兽：法西斯的屠杀可以使许多人溃灭，却不能使正义溃灭；我们的血不是白流的，我们的奋斗不仅为了我们本身，而且还为了我们的后代。

第二节　民众思想与生命价值维护

姚青苗的文学作品深刻反映了战争给人们生活带来的巨大影响，同时也展现了中国人民在极端困境下坚韧不拔的生命力和对抗外敌入侵的英勇斗争。这些作品不仅记录了战争的残酷现实，还弘扬了生命的价值与尊严，以及对和平生活的渴望。

1935 年，姚青苗在以本名姚玉祥发表的作品《往那儿去》中，就对抗战文学和战争历史进行了反思与追问。姚青苗从民间思想与生命价值视角出发，对人在战争时期的生存困境进行思考与探索，诠释了文学作品作为作家个人心灵史和作家个人创作观的体现。

但在随后的作品中，作者并没有对人的“归宿”“心灵旨归”“生命体验”等思想哲学层面做更多、更深的挖掘，只在少部分民间思想与生命价值题材作品中，表现出个人在这一历史时期矛盾的生命体验。同时，由于动荡的战时环境和自身创作经历、学养阅历的有限性，姚青苗就这一思想问题的探索暂未得出明确结论，却彰显了他作为一名作家，对文学创作责任的自觉承担。同时，也从侧面体现出，文学写作为人类沟通而存在的价值与意义。

通过文本细读，可以归纳出姚青苗对民间思想与生命价值态度的变化。从早期写于 1935 年的作品《往那儿去》开始，到写于 1942 年的《茅屋与花》《黐鸟的啼叫》等作品，以及最终写于 1947 年秋的《天堂和地狱》，姚青苗对民间思想与生命价值的态度，经历了从早期中立、动摇，到最终在《天堂和地狱》一文中，借教会学校学生林兰小姐和被神父拒绝的盲女之间关于未来天国的对话，对这一救世思想最终予以彻底否定。相较于外来思想，姚青苗对于早已传入中国、已在多方面渗透到本土生活、对民众生活起到潜移默化影响的本土化的民间思想更为认可。在《黄河的激流》《马泊头》《马桂花》《柳河上》《山峡中》等书写本土战争的作品中，农民认为日军发动的残暴战争，是“天灾”“劫数”“日丙（本）人是孽星下凡”。在散文《老人》一文中，老人在去世前感慨道：“命运之神是这样地捉弄人，人生原来是一场滑稽的悲剧呵！”

与此同时，贯穿姚青苗作品创作中的，是作者对本土自然景物翔实又略带依恋心态的描绘，饱含浓郁的感情。作者在书写本土自然景物时，无形中依循了中国土生土长本土化的民间思想，以“道法自然”的心境和视角去观察、体验本土的自然景色，并融入其中，从本土的自然之景中获取在战争环境中生存下去的生命能量。这也体现了作者继承了乡土小说的传统，非常注重风景画和风俗画的描写，作品中以大段的篇幅展开了景物描写，也有对战时农民生产生活的描写：

“小满”已过，我们在禾场上敬了神，就开始来收拾和打扫禾场了……等待着收割，等待着收获了。

石榴花开得火一样的红，竹篱笆和野荆编的篱笆上都罩满着野蕨和野牵牛，墙角里的杂草中夹杂着马兰花和蓝色的小喇叭花……

在这种思考状态及思考过程中的焦灼感，反映了进行真诚创作的作家，在面对人类永恒问题进行终极思考时，所无法回避的焦虑与困境。而这种精神焦虑也成为知识分子重要的精神特征之一。姚青苗在对人民所承受的沉重生存负担给予同情的基础上，试图从民间思想与生命价值维护出发，寻找解决的出路和心灵的归宿。

在姚青苗写于1935年的《往那儿去》，以女儿翠翠的视角为出发点，描述了贫苦农民的生活，以及他们对于生活的态度。对于贫穷，父母一辈认为“穷是咱们的命，心不要坏，欠人一文钱，来世还要变个鸡儿还”。于是一辈子勤恳、老实地认命、吃苦，维持生活。而作为青年一代的女儿翠翠，感到了“欲望”的引诱，却仿佛被无形中加了一层“镣链”。翠翠似乎想要借助外来思想寻找精神的解脱，去到“福地”。可是生活中反复、无穷的苦难，动摇了翠翠对于外来思想救己的信念。对于礼拜堂的钟声，翠翠也感到，只有大都会是“像睡在慈母怀里的小孩一样”，自身的苦并未因此减少，并最终发出了“我恨这世界”，只有“毁灭了这世界，那时我们就到了福地了”的声音。借青年一代翠翠的视角与声音，能够窥视出，姚青苗早期对于中国民间思想与生命价值维护的观点与态度。

写于1941年的《鬼蜮——罗夫先生的手记》，和1942年的《茅屋与花》《黐鸟的啼叫》，以及写于1947年秋的《天堂和地狱》等文章中均流露出作者对于外来思想的否定性态度。

在《鬼蜮——罗夫先生的手记》和《茅屋与花》中，作者使用了这样的题记，“假使你是瞎眼的，你便没有罪了”作为开头。文章讲述了古城中“如堡垒似的”，无论日夜都紧闭大门，以及马德兰在残酷战争、悲惨的生活面前无能为力，只有发着呓语似的祈祷着，马德兰所能做的就是收容难民。而对于祈祷一事，难民却丝毫不感兴趣，“他们吵吵嚷嚷地跟一窝乱蜂似的”。马德兰无能为力，只能将大门紧紧关闭，只能收容不愿离开的难民。从作品文本中，可以揣摩出作者对于外来思想的怀疑，正如文章开头所述“假使你是瞎眼的”，才能免罪。在写于1942年的《茅屋与花》一文中，作者写道“我讨厌我家那阴冷的和坟墓一样的庭院，我的父亲和祖母都骂我吃了贱人的奶变贱了”。当“我”流露出试图靠近“茅屋”，站到那“纯美纯真的界前”，却听到“嘲笑的声音”。这种情怀映射了作者对于在战时背景下外来思想的怀疑。

姚青苗在《鬼蜮——罗夫先生的手记》和《茅屋与花》两文中，对于外来思想处于动摇的思想状态，而在其后来创作的《鶹鸟的啼叫》和《天堂和地狱》两篇作品中，则对外来思想予以了否定。《鶹鸟的啼叫》一文中，讲述了妻子去世前后的故事。“春在诱惑着大地，连那些未知的生物也在夸赞着生命的美丽，连那些笨头笨脑的鸭子也向着夕阳咻咻地欢叫着，但我的心仍是黯淡的，我想乘着天空的那块白云去追她去。”文中妻子也发出了犹如《往那儿去》中翠翠的疑问：“我该到哪儿去？”妻子最后在去世前说，“要乘诺亚方舟到另一个世界里去”，变成角鶹显示给丈夫，并告诉丈夫不要怕，“角鶹是那个神秘国度里的使者”，从中可以看到懦弱、忧郁的妻子的信仰，而作为文本的叙述者“我”，既“憎恨造物的主”，也“憎恨我们自己”。对于生命，“我”指出，不像那些花草树木在秋天凋零，经过冬天又在春天生长，“我们只生长在春天，而在冬天便枯死了”。从这一细节中可以分辨出，作者对于民间思想与生命价值维护的态度略显明朗化。

姚青苗在写于1947年的中篇小说《天堂和地狱》中，借十二岁的圣玛利女校学生林兰小姐和最终被拒绝的盲女之间的交往过程，传达了作者对外来救世思想的否定态度。

文本伊始，作者以独特的视角，对学校的女生做了较为客观的描写：学校的女生，由于长久的教养和生活习惯，以及自身的“矫揉造作”，都有着沉静、庄严和高傲的神气，懂得“装腔作势”，不像普通女校的学生活泼自由和天真烂漫，有纯洁的眼睛。而生活在“特区”的林兰小姐出身优渥，像“一只幸福的鸟儿”，自己不能发现生命有什么罪过，却随着理解力和智慧的增长，感到些许不安和恐怖，常做噩梦，在学校感到寂寞、空虚，觉得世界应更广阔、更幸福。十二岁的她，感到世界如“幻想和谜一般的万花筒”在招引她，常坐在校园里望着碧绿的潮水山神，在校外的坟园间徘徊、冥想。在林兰看来，“这是魔鬼在引诱她”。对此，她时常一个人悄悄地祈祷，乞求怜悯和帮助。

而圣公会坐落在这座城市最幽静、雅致、高贵的杏花岭上，鲜有嘈杂混乱的现象发生，远离市中心，周围聚集着白种人、高等华人等中产阶级，感觉不到战火的硝烟。

当林兰在冥想中看到拾荒的粗野孩子，衣着破烂、枯瘦地在草丛中捉蚂蚱玩、踢死耗子玩时，她呆呆地望着他们，感到恶心和恐怖，并发出“饶恕他们吧，这是怎样可怕的生活呀！”的呼唤。

当林兰看到野孩子们用死耗子捉弄、吓唬盲女时，她被眼前场景惊呆，第一次感受到“地狱并不在未来，而在眼前的世界中”。对于这些孩子，林兰起先是奇怪：“为什么这些孩子不受教育，不学图画，不弹钢琴，不穿清洁的衣服？”随即便不由“哑然苦笑”，意识到“这就是所谓贫穷”。但对此现象，林兰自身意识到“贫穷并非罪过”，然而贫穷却是“一种极可怕的不幸”。林兰所能想到的解决办法，只是把它交给怜悯和饶恕。

从林兰与天生眼瞎、从小被收养的盲女之间的交流中，可以看到，盲女虽然没有受过教育，但是她渴望虔诚的生活：

“哪儿都可过夜，慈悲的，他的国土是广大的。”

“那你怎样生活呢？你靠着什么来生活呢？”

“我靠着他来生活，我向每个人乞讨，有时我的嗓子也喊哑了，连一点馒头皮都讨不到，但我却只有忍受着。”

对于生来眼瞎，盲女不抱怨、不难过，微笑地回答道：“我看不见，但是我却可以听见，一个人走近我的面前，我只听他的脚步，就可以断定他是坏人或是好人。”

从中可以看到，盲女俨然已经具有大爱、宽容与慈悲。

起先，马德兰夸奖盲女聪慧、记忆力好，“虽然使我贫困，冻饿，却将智慧和聪明赐给我，他叫我感谢仁慈”。对于常常祈祷的原因，盲女说自己并不是忏悔，也不是祈求保佑，而是祈求将面包和温暖赐给自己。林兰的反应也如马德兰和路易斯女士，“震惊”后退，说道：“饶恕你吧，你，你怎么敢说出这种话来？赶快忏悔吧。”马德兰和学校的路易斯女士均认为她们应舍弃她，不准她进，并认为盲女的思想观念庸俗、自私，“她怎么胆敢要求不可能的事情？自私的人都为自己的利益去打算，没有殉道者的热诚”。虽然她的生活里有牺牲精神，但不彻底，“当她要求面包和温暖的时候，她是带着愤怒的”。但是盲女依然有一颗热诚的心，坚持认为自己的灵魂是崇高的，并不因为被马德兰责骂而灰心，这种倔强也增加了马德兰的恼怒感。林兰认为，盲女罪恶附在她身上了。

盲女坚持着，平静又激动地说：“我发誓，我再不到这一带来，我怕辱没了我的脚，我觉得我在垃圾堆上饿死，也比到这来和忍受你们的侮辱要好一千倍！”盲女与学校学生之间的生活差距如“从南极到北极都遥远”，她享受不到世间物质的优待，连温暖和爱也被传播温暖和爱的人所剥夺，颇为讽刺。

作者又借二人对彼此心中未来的描绘，表达了对外来思想所描绘蓝图的不信任：

“你相信未来是一个什么样子？”

盲女露出了一丝凄惨的微笑，毫不迟疑地说：“我相信未来是一个饱暖的，任何人都有衣穿有饭吃的世界。……”

“想不到你有这样庸俗的观念，”林兰失望了，“我以为未来不是一个堆满着面包的世界，假使这样，这还成什么呢？这样的世界一点不可爱，绝不会是这样的，未来的世界是一个洁白的美丽的世界，比雪还洁白，比晚霞还美丽，在这世界里没有罪孽也没有道德的堕落……”

“但是当你和我一样饿得连脚都快要抬不起的时候，你自会相信我的。我们这样争着，一点意思也没有，因为生活将我们划开了，我们的距离是太远了。”

盲女的话令生活优越的林兰小姐困扰、纷乱，但是她也只能劝盲女诚心忏悔。后来，盲女不再去教堂，靠卖火柴为生，并感慨道：“人间太黑暗了，我要把光明卖给人间。”

文章结尾，盲女被冻死在雪地里，而同时，林兰小姐和女校的天使们，却正在温暖的被窝里做着美梦。作者借这种反差表达了对于外来思想及其所描绘的未来世界的否定。

姚青苗对于战时外来思想的否定性态度，并不是去消除，恰恰相反，“唯有通过弃神，与诸神的关系才能转化为宗教的体验”①。而诸神“逃遁”后所产生的虚无、怀疑，正是最接近宗教信仰的本源状态，也是刺激作者对战争进行哲学思考的思想渊源。

姚青苗除了专门写过独立作品对外来思想进行探索之外，在其大部分作品的写作中，已渗透、融入了早已传入中国的民间思想与生命价值维护的相关思想。如 1937 年作者以姚青苗笔

①[德]海德格尔：《林中路》，孙周兴译，上海：上海译文出版社，2004 年，第 78 页。

名发表的第一篇小说《涛》中，给即将被处死的五名囚犯透露信息的正是一个信奉民间思想与生命价值维护、让年轻人“修来世”的驼背老汉。而当五个伙伴被拉去处死，“我”听到的是，“急躁而洪大的雨声已带这群良善的灵魂向宇宙去申诉了”。写于 1939 年 4 月的《从延安到吉县》一文中，教人向善、给人启迪的也是“吃斋念佛”的善婆婆。在描写日本士兵厌战的《汾河之忧郁》一文中，对于残杀中国人，日本士兵也通过民间思想与生命价值维护有所忏悔。“他相信这汾河的河边上是有无数的冤鬼的，所以每当他到河边的碉堡前来放哨的时候，他总要跪在地下念着阿弥陀佛。”

在《黄河的激流》《马泊头》《马桂花》《柳河上》《山峡中》等描写本土抗战的作品中，农民对于日军发动的残暴战争，传统的民间信仰认为是“天灾”“劫数”“日丙（本）人是孽星下凡”“这是天灾，天收人”等。救援队伍的到来，也被认为是“老天爷睁眼”。为对在战火中失去亲人的人表示同情，作者专门构思了《幽灵小说——献给中条山的同行者》《期待》等作品。让现世的人“过阴曹”“到阴司里告状”，“幽魂返家”等情节实现人在残酷现实中无法做到的事，在动荡战火中实现家人团结。同时还创作了《庆云庵》等作品，讲述了不愿出嫁的灵儿执意在庆云庵修佛度过余生。作者借婶娘之口讲道：“等你将你的母亲养老送终以后，你再回庵里来，再说，修佛也是好事，我那时再也不会阻拦你了。”在《黐鸟的啼叫》一文中，妻子去世，丈夫请来和尚为妻子超度、招魂。写于 1943 年的《饮马河边》，则讲述了充满各种神灵故事和古老传闻逸事的乡村生活场景。对于家门前的杨树，母亲反复请风水先生卜卦。每当夜里猫头鹰在树上呀呀啼叫时，母亲便忧郁、叹息起来。散文《老人》一文，讲述了汾河流域自远古时便流传下来的，每代人都为争夺水利、为生活所迫越打越深、“黑色风暴”般的械斗，“像一个永远不能解开的绳结似的”：

这是悲壮英勇而恐怖的战斗，这是一场可怕的黑色风暴。在要斗争以前，双方的族长都把自己的族人约集在祠堂里商议着。决定斗争的前夕，村里的乡约鸣锣通知大家准备，于是村里的男人们都剃光了头，穿着新衣裳，头上包着雪白的毛巾，那意思是准备去战死的。全村的妇女们——母亲和妻女都在哭泣着。第二天早上，晨曦还未出来时，便鸣锣集合了……另外还有一群敢死队，他们都擎着粗壮的柳木棍，棍的一端刮得雪白，另一端留着一节青皮。这是汾河上流行下来的古例，用这种棍子相斗的时候，打死人是不抵命的。

但是，到“我”这一代，对于为争夺水利进行械斗，已不像父亲那般热衷，脸上罩满愁云，这很使同村人扫兴。我认为这样打来打去没有意思，不会有结果，不如讲和了事，而“我的话像一座冰山倾在烈火上一样”令众人愕然。最终我被族长煽动，为父报仇，继续战斗。后来妻子为劝“我”回心转意，用剪刀刺坏双眼，自己也在械斗中受伤致残，老人则认为“我的命该如此呵”。坐在店门外一块石头上，吸着旱烟，望着升上暮霭的山谷出神，老人沉重地叹着气。向晚的凉风徐徐地吹来，落日的最后的光芒像黄金的羽箭似的照在山顶上，晚霞燃火了天际，一群群的鸟群拖着残阳飞过去。山村里响着微茫的犬吠声，几个穿着宝石红衣衫的小儿在山村的篱垣间出没，炊烟徐徐上升，村里飘荡着牛粪的气息。老人坐在店门外的一块石头上吸着旱烟，望着那渐渐升上来暮霭的山谷出神，好像在沉思什么似的。“我”不禁发出对自身命运与天命观的感慨：“命运之神是这样的捉弄人，人生原来是一场滑稽的悲剧呵！”孤独、痛苦、忧郁，父子两代人都为争夺水利受伤的老人，认为“汾河是他的母亲”，并在死前一天，请求把他抬到河边，向母亲告别。老人“起初向河水点头微笑着，后来便泪如雨下，哭得像小孩子一般”。

第三节　对战争中个体生存状态的反思

抗战时期的中国文学创作与书写，饱含了作家对于民族、国家真实而深切的情感。当战争摧毁了民族、国家以及作家个人的生存基础时，作家自身漂泊、无根、流亡的生存状况及由此带来的真实生命体验，给敏锐的作家群体留下了深刻的烙印。正是由于在创作中注入了真切的生命体验，在 20 世纪 40 年代作家对于战争的真实创作中，其对于“人”在战争中的生存状态、生存价值与生命意义也有了不同以往历史时期更深层意义的体察与观照。

在抗战这个特殊的历史时期，作家试图从个人生存体验出发，寻找可以依托的救世思想和生存方式。不同作家所追寻的“归宿”有所不同，但究其根源，在这场全民、全世界反法西斯战争背景中，脆弱、孤独的个体渴望获得心灵支撑的呼唤。

钱理群曾经这样归纳道：“当40年代的作家在自己的作品中寻求种种最终一劳永逸地结束一切矛盾与苦难的‘归宿’时，他们事实上，就是在制造一种新的宗教与信仰。”[①]这也是40年代作家在创作中“追寻归宿”主题的多种体现。这是作家个体的选择，也是文学的选择。类似作家的作品，诸如李广田的散文《根》，表达了渴望在动荡不安的战争中，寻找能够“生根”，寻找自身归宿之地的“土壤”。又如废名在《莫须有先生坐飞机以后》这部“五论俱全”书中的探索，以及后来移居台湾的卜宁在其《无名氏书》中的追寻等等。

姚青苗没有像大多数作家一样将创作之笔停留在政治书写或文化反思的历史表象，他没有拘囿于意识形态，而是将笔触深入比它们更深刻、更具决定意义的历史本体。这是对个体生命生存状态的尊重，是对人类所具有的、一种类似于宇宙能量的高度赞扬，是对生存意义的叩问，是对伦理道德之外的独特价值体系的追寻。这也是姚青苗边缘人体系存在的价值和意义。实质上，如果以人类生命个体为批评标准，这批边缘人才是文学真正的主流所在。

抗日战争的残酷性与持久性，促使敏锐、智慧的作家在创作中结合自身体验，去思考生命及生存的出路，进行真诚创作的作家对于战争中人的心灵归宿等终极问题进行了探索。

任何空间都是为人的实践所创造，只有牢牢地把握了“人”的维度，才可能充分还原历史的空间。因此，我们在研究抗战

①钱理群：《精神的炼狱》，南宁：广西教育出版社，1996年，第141-142页。

文学史中加入“人”的维度。虽然在既往的中国现代文学研究中，“人的文学”的传统常常被忽略——或者说并没有被充分体现出来。王富人先生在 20 世纪 90 年代批判“中西二元对立”思维时曾指出了这一问题：“这个我们过去常用的研究模式有一个最不可原谅的缺点，就是对文化主体——人——的严重漠视。在这个研究模式当中，似乎在文化发展中起作用的只有中国的和外国的固有文化，而作为接受这两种文化的人自身是没有任何作用的，他们只是这两种文化的运输器械……”[①]

正是因为“人”的参与，历史发展并非理想状态的客观公正，而不可避免加入了“人”的痕迹。“人的文学”不仅是中国现代文学的一面旗帜，也是文学史研究中的一个常识；不仅是文学性质的区分标准，也包含了“人创造的文学”的动态内涵。其实，在文学研究中忽略“人”的作用，也是对“文学”理解的褊狭。

正是有这种思维的存在，研究者便可以在一部文学作品、一个文学思潮中发现“本源”的因素。

中国现代知识分子和乡土中国后裔的双重身份体认，使姚青苗在知识分了的精英主义、启蒙心态和乡土之子的自甘平庸的凡俗心态之中纠缠；儿时厚重的中原文化和传统的民间文化的滋养以及后来接受的现代文化新知，使姚青苗在传统和现代之间徘徊；生养他的乡村和后来寓居的城市，使姚青苗在城乡之间漂泊流浪。作者走过了从荒原到探索宗教情绪的心路历程。荒原意识表现为对现实生活、战争、爱情、历史和未来的批判、

①王富人：《对一种研究模式的质疑》，《佛山大学学报》1996 年第 1 期。

怀疑以及绝望的反抗。对荒原世界的拯救之路，是作者在文学创作中表现出的思想情绪是对人生苦难的思考与体认，对生命与死亡的理解。

从荒原自然景观书写到思想情绪思考，姚青苗走过了一个艰难曲折的心路历程。荒原自然景观书写，使作者在那个时代，在怀疑、否定、绝望之中，拥有了可贵的自审、反思精神，成为这个阶段的杰作；也使作者由此体会出发，通过对抗战时期世界和人们的生存环境的深刻把握，塑造了一系列抒情主人公形象。而思想情绪里既蕴含了受难的痛苦挣扎，又呈现了作者自我拯救的一种努力，一种破碎和自我整合的可能。作品由荒原意识到思想情绪所呈现出的矛盾“自我”，是作者在那个时代语境里的一种现代性焦虑。

即便是中国当代战争小说，也不像西方战争小说那样重在通过战争表现对人类命运、对个体命运遭遇的观照，体现对人的存在意义和生命意义的思索，而是重在表现战争中的群体风貌、战争的整体和现实结果，未对战争本身、军人的心灵世界进行较深入的反思，与当代世界文学中的战争小说所达到的思想艺术高度存在一定差距。与此相应的是，中国作家对战争中大量存在的暴力、血腥的回避，对英雄之外的大量普通个体命运和生命价值的忽视，都是现代战争文化规范对作家主体制约的结果。

作为一位追求进步的“左翼”作家，作者以晋南故乡的生活为模板，立足于左翼抗战，以写作为武器，立足国统区，心怀解放区，在比较和观照中，思考着社会、文学、人生，开始了对中国传统文化的思考与批判。

第三章　姚青苗抗战作品中农民形象塑造

第一节　农民形象塑造

五四新文化运动，开启了中国追求现代化的思想启蒙运动。启蒙成为影响中国达一个多世纪的文化价值模式，也成为知识分子一个重要的精神特征。现代文学的发生、发展是与乡土中国现代化过程紧密相连的。由于中国农民占中国人口绝大多数的主体地位，乡土中国现代化在通过文学来进行审美表现的时候，都无法绕开农民，都充满了对农民的想象与建构。

先知先觉的知识分子开始了乡土中国现代化的思考。1895年，严复从秦朝对农民的愚民政策、奴役统治谈起，一针见血地指出农民所遭受的长达千年之久的奴役统治和因此而带来的内化了的奴隶意识。对此，严复提出了著名的“鼓民力、开民智、新民德”的学说。

严复的学说是晚清时期第一次以一种现代性意识对中国农民的思想认知与精神进行审视，是梁启超、陈独秀、周作人、鲁迅等人想象中国农民的思想原点。梁启超继承了严复的思想，提出了以小说“新民”的现代性思想启蒙路线；在五四新文化运动期间，周作人等发现“人的真理”，提出“人的文学”理念，从而形成了现代文学想象中国农民的现代性思想起点。

中国现代文学以审美的方式对农民这一中国革命历史主体进行了想象性叙述，塑造了类型众多、形态各异的农民形象，直接参与了乡土中国现代化的历史进程，表现在乡土中国现代化历史进程中农民思想意识的艰难觉醒历程。五四新文化运动作为20世纪中国思想史上意义深远的大事件，对中国现代社会和知识分子产生的震撼和影响无论怎样高估都不为过。从20年代启蒙主义思潮到三四十年代民族救亡思潮，贯穿其中的都是“民族自我批判”。而被称为中华“民族魂”的鲁迅，以其丰富的文学创作，确立了“改造国民性”的民族主义启蒙思想。

在这种思想影响下，农民成为国民性弱点的典型代表。自鲁迅先生开先河，塑造并批判了以阿Q为典型代表的“中国人品性结晶”的农民形象，而随后中国现当代文学史上的农民形象，许多都在“阿Q”基础上进行着重写。而在以农民为主体力量的民族解放战争时期，“农民”作为一个“永恒”的存在，被人们惊喜地发现。在这种“惊喜”中，也夹杂有历史的苍茫感。

鲁迅在《我为什么做起小说来》中表达他对传统文艺投向乡村视角的强烈不满：“中国的诗歌中，有时也说些下层社会的苦痛。但绘画和小说却相反，大抵将他们写得十分幸福，说是‘不识不知，顺帝之则’，平和得像花鸟一样。是的，中国的劳苦大众，从知识阶级看来，是和花鸟为一类的。”[①]这种从“花鸟”视角向“疗救”视角的转变，从将表现对象看作“不识不知”的“物”，转向感同身受地将他们看作与普通人一样有着喜怒哀乐的“人”，正是“中国现代文学”的实质性标志，是中国现代作家努力挣脱传统的强大束缚，转而追求文学的现代性特征的革命性举措。鲁迅将视线与笔墨投向乡村，一开始就有着明确的理性认识与自觉的文学现代性追求，因此被奉为中国现代文学重要奠基人是当之无愧的。

鲁迅早在20世纪初就渴望过推倒横亘在“我”与闰土之间，也即言说者与被言说者之间既高又厚的“障壁”，但是一个世纪过去，高墙两边人们展开交流与沟通仍然不算顺畅。因为倘若高墙另一边人群始终只能为最基本的生存权而挣扎，或处于连最基本的言说权利都被无形剥夺的“无声”状态，其基本的情感、心理、愿望、欲求等从来得不到正常的表达训练，那么，仅靠作家这一面的“单声独白”又岂能说得准确、到位而又具体、亲切、深刻、生动？

将目光聚焦于占中国人口最大多数的底层农民，对他们内在精神处境进行了极为犀利的深刻描写、刻画、想象，同时又对刚刚出现的觉醒的现代知识分子与农民之间的无限隔膜和交流不畅进行了惊心动魄的描绘与展示，既在数千年的中国文学史上实现了划时代的突破与超越，又以独创性的艺术方式为20世纪中国文学提供了文学与乡村、知识分子与农民、农民的精

①鲁迅：《集外集拾遗·译本〈短篇小说选集〉自序》，《鲁迅全集》第7卷，第389页。

神状态与中国现代化的历史进程等一系列意义重大的母题或“原型”。

在抗战时期，农民形象的塑造具有特殊的历史意义和文化价值。这一时期的农民不仅是农业生产的主要劳动力，还是抗日战争的重要参与者和支持者。当时文学作品中的农民形象，可以展现他们在国家危难时刻的英勇与坚韧，以及在社会变革中的重要作用。作品描写农民在国家危难时刻的爱国情怀，如自发组织民兵、支援前线、保护家园；富有牺牲精神，为了保卫家园，不惜付出生命代价。农民之间团结互助，共同抵抗外来侵略者。作品真实地展示了农村生活，描写了农民的日常生活，展现他们在抗战时期的艰辛与坚持；描述农民所处的社会环境，村庄的风貌、邻里关系、风俗习惯等，塑造立体丰富的人物形象；反映粮食短缺、物资匮乏抗战时期的经济状况，展示他们在艰难条件下的生存状态。

在抗战时期的文学作品中，农民形象的塑造不仅能够展现他们在国家危难时刻的英勇与坚韧，还能深刻反映社会变迁和个人命运。通过多维度、多角度的描写，农民形象更加立体、生动，从而引发读者的共鸣和思考。

综观姚青苗写于抗战相持阶段的作品，从中可以发现，作者在作品创作及人物形象塑造上，立足人性根基，融入了个人的思考与见解。而作者笔下一系列真实、丰富的农民形象，更传达出作者复杂的创作心态。姚青苗笔下的农民形象大体可以分为战时始终与土地相融的农民、农民中的反抗者、仍具有某些劣根性的农民形象等三类。姚青苗通过象征和隐喻的手法，赋予农民形象更深层次的意义，如土地象征着生存与希望，武器象征着抗争与勇气。通过对比和反差的手法，突出农民形象的特点，如和平与战争的对比，贫穷与富有的反差。通过细腻的细节描写，增强农民形象的真实感和感染力，如描写农民在田间劳作的场景，或在战火中的逃亡经历，反映抗战形势的社会变迁和变迁中的个人命运。

现代知识分子把农民文化观念看作封建文化的寄植体，农民文化观念的趋同性、依附性使其很容易在外力的召唤下团结起来为之奋斗，农民型文化观念是主流政治文化观念和知识分子型文化观念的中介体。

中国的农民，被封建统治压抑了几千年，形成了极为沉重的精神负担。一方面，由于长期的思想熏陶，已经习惯了传统的生活方式，形成了比较浓厚的保守性、狭隘性；另一方面，长期被压抑也滋生了他们冲破罗网、寻求自我的反抗精神。战争恰恰为他们提供了这样一种冲破压抑、寻求自我的反抗精神。战争不仅能促使人的民族意识觉醒，同时也是人自我成长的机会。这一思想主题的挖掘，是乡土抗战小说的深化与发展。乡村的生活方式、价值理念和民间信仰方式以及乡村的艺术欣赏习惯等，从一开始就血肉交融地与姚青苗生长在一起。

对乡村社会关注起因的不同，对这份关注的意义归趋与理解方式的差异，很大程度制约了作家笔下乡村图景与面貌歧异，影响他们对于现代境遇里抗战时期中国乡村人生存状态与命运沉浮的感受和理解方式，支配其对于乡村主人公心理、性格、精神及价值观念的理解、想象方式和审美观照——影响了其面对中国乡村的基本姿态。

文学创作又是一项极为复杂的精神创作活动，“为什么写”并不最终决定具体“怎么写”，动机与意图仅仅是其中一种制约因素。在进入实际的创作过程以后，种种必然的或者偶然的，创作界的或读者公众的，个人生活变迁或者外在社会政治变动的，一个时期社会风气的或知识界精神走向的等，都会以各种方式制约和影响一部作品的内在结构及一个作家创作道路的动态演变轨迹。生活是艺术创造最根本的源头，对文学制约需要高度情感投入与心灵共振的创造活动来说，创造主体与表现对象之间在生存方式及精神存在方式方面，在以不同方式获得关于20世纪中国乡村的不同经验和印象后，作家又凭借怎样的思想资源，站在怎样的立场来消化、整合与理解这份乡村经验与印象？文学尽管以形象、具象和具体的方式来描写和表现乡村，但形象思维不意味着对理性思考的排斥驱逐；相反，越是被真正理解了的东西才越有可能获得准确、清晰有力的描写与表现。

民族解放的过程，也是自我解放的过程，出于革命的热情，力求把自己亲身经历与亲眼看到的以及部分群众真实的苦难生活反映出来。刘小枫在总结现代叙事伦理时说：“在人民伦理的大叙事中，历史的沉重脚步夹带个人生命，叙事呢喃看起来围绕个人命运，实际让民族、国家、历史目的变得比个人命运更为重要。自由伦理的个体叙事只是个体生命的叹息或想象，是某一个人活过的生命痕迹和经历的人生变故。自由伦理不是某些历史圣哲设立的戒律或某个国家的道德宪法设定的生存规范构成的，而是由一个个具体的出现在个体的生活事件构成的。”①因此，即使是在民族战争十分激烈的年代，也有必要重新执起社会批判的笔，把阻碍抗战进步的黑暗现象暴露出来。姚青苗的作品从一开始就表现出了这样深入的理性思考，乡土抗战作品引入社会批判意识。

乡土抗战作品主要表现农民民族意识的觉醒，反映了他们走向民族解放道路时，与传统生活方式、思想观念痛苦告别的心理状态与转变过程，主要是为了鼓舞人们，特别是农民，起来反抗日本帝国主义的侵略，保卫自己的民族与国家。它们与时代的政治要求是一致的。20 世纪 40 年代初，乡土抗战小说在继续关注农民民族意识觉醒的同时，也发现了一种新的现象，即战争不仅能够增强农民的民族意识，同时也可以解放他们的个性意识，将其从愚昧落后中解放出来。于是，乡土抗战小说中出现了一种新的主题，着力于农民个性意识的觉醒。乡土抗战小说的这一思想主题，是在战争这一特殊环境中产生出来的，依循着人性的发展与完善。

作家在战时动荡背景下，对于个人生命“归宿”的探寻，首先便落在了“土地”上，“土地”由此被赋予了崇高而又永恒的意义。尤其是在国家灭亡、国土沦陷的历史背景中，除了其本源的现实意义，更被赋予象征性意义。作家纷纷抒发了对于土地的眷恋、神圣般的感情，如端木蕻良在其作品中多次指出，“土地是我的母亲”“土地传给我一种生命的固执”“土

①刘小枫：《沉重的肉身》，上海：上海人民出版社，1999 年，第 7 页。

地使我有一种力量”[①]等等。土地赋予了知识分子一种文化和精神上的深层意蕴和精神传统，融入其自身人格的形成。

而生活在土地上，世代与土地相守、相融的农民，在抗战这一特殊的历史时期内，被作家群体赋予了超越以往历史阶段的关注及肯定。20 世纪 40 年代，作家在战火中对“永恒”农民形象的发现，颠覆了将农民作为“国民劣根性”形象进行刻画的传统。在姚青苗抗战作品中，关于农民形象的颠覆性发现，主要体现在，战时动荡环境中，农民仍坚持劳作，似乎已与土地相融。姚青苗作品没有简单化地表现农民民族意识的觉醒，而是在对农民深切理解和同情的基础上，写出了他们在民族意识与恋土情结中的灵魂的挣扎与升华。姚青苗在对抗战时国统区黑暗现象和苦难生活辛酸揭露和嘲讽中，流露出对农民充满深切的同情和理解。

作者审视农民的视角由俯视改为与农民“平等对话”，他们感受到了农民的巨大力量，看到了农村中涌现的新人。这些新人在抗战、政治、经济生产、文化、日常生活等方方面面显示出与“老中国人”不同的“新”特点来，成为文化人心中的“英雄”“模范”。随着这些“英雄”形象的树立，文化人在审视农民的同时，伴随着对自我的贬抑。呈现这些特点的原因是抗战的需要、文化人生活环境的改变、中国共产党的政策导向和农民自身的转变。

最后，姚青苗在对农民的审视过程中表现出一个值得关注的现象，即作者眼中自身与农民的位置的倒置。这并不意味着

①端木蕻良：《土地的誓言》，香港《时代文学》1941 年第 5、6 期合刊。

作者放弃了对农民的启蒙，只是改换了手法，他们为农民摆出“健康”的样本，教育农民向着这些“健康”的样本迈进，从而实现和完成对农民的启蒙。作者眼中农民与自身位置的倒置与启蒙手法的变更是当时空前深重的民族危机下一个以农业人口为主的国家的必然。对农民的这种认知，在抗战时期，有利于调动起农民参加抗战。

姚青苗作品《山上》中的农民形象，可以作为其作品中与土地相融的农民形象的代表。《山上》讲述了井疙瘩村在汉奸指引下被扫荡，“我”作为报馆人员在翻身老爹陪同下访察情况。在残酷的战争年代，虽然这地方“简直找不出有人走过的踪迹来”，很荒凉，但依然有着优美的景色，使人不禁感慨，“岁月和时间在这里是渺小的”。一直以来，“井疙瘩就在大自然的怀抱中平安地生活着”，而山里人生性淳厚，但强悍有血性，经过鬼子扫荡后，轮流在山坡放羊放哨，“把鸟枪收拾好了，用枷木灰和硫黄制了火矛”，准备洗清仇恨。而翻身老爹作为村里年龄最大、进过城见过大世面的长者，在没有命令和推选的情况下，成为德高望重的唯一领袖、乡长兼地保。当知晓“我”是前来搜集鬼子扫荡的信息时，翻身老爹淡淡地说，“都过去了，还提他做什么。”当我们经过一片高粱田，看到因战乱无人收割的庄稼时感慨：“这庄稼快熟了，可是它的主人却不见了。”这份对于土地与庄稼的深情，体现了饱受战争摧残的农民，对生活依然心存希望。

对于“庄稼”“土地”的这份情怀在《黄河的激流》中的年轻人身上也有所体现。当葫芦劝说贵生去投自卫队的时候，贵生想了想，惋惜地说，“那你的庄稼不收了吗？你家的麦子长得多好……”而作为青年一代的葫芦，已经理解不了农民对于土地和庄稼的这种感情，天真地笑了，“你这人真是，连性命都保不住呢，还保庄稼？你是怎样的想法呀……想什么呀，这年头还忍耐得下去吗……你不替你，我还替我爹和我家……”贵生呢，呆呆地在帐子里躺着，连饭也不吃，心儿像吊桶似的七上八下的，心思纷乱极了。他羡慕着葫芦，悔恨着自己没有勇气，心里简直像虫咬着一样的苦恼着。而在葫芦战死后，葫芦爹做了一个梦：

一次，他做了一个幸福的梦，他梦见在一个漆黑的多雾的深夜里，葫芦领着大队人马来了。他原先是死命地反对着他投自卫队，然而他现在确实非常的惊喜和兴奋。他看见东洋兵全骚乱了，黑暗里摸不着道路，向四下里乱逃乱窜，施不全和侯老五也给捉着了。……呵，天下会有这样愉快的事吗？他的全身震抖着，喜欢得流下来一串串的老泪。

然而，他又醒了……

夜是那样沉寂，皎月当空，天空蓝得像一泊湖水，风是那么凉爽，宛如凉秋时节一样。

他一边擦着眼泪，一边仔细地回忆着梦中的情境。他悔恨他的醒来，恨不得马上重新再钻回梦中去。……

他极力地镇定，想再睡一觉，再做一个甜蜜的梦，然而无论他怎样地努力，终是睡不着。

又如在写于 1942 年的描写战时妇女觉醒的作品《马桂花》中，虽然老一辈人也反对革命，马桂花的婆婆“糊涂得和一盆糨糊一样”，“顽固得和一块牛筋一样”，认为“革命是孽星下凡”，但是觉醒后的马桂花则坚持认为，是革命为了将他们解救出来，士兵没有粮食没法打仗，开荒要比打仗更要紧，因此快乐地劳动着。而“对于征服土地，她是一个天生的英雄”，做了生产突击竞赛委员会的委员，“开荒开了十八垧”。作者在文章最后，描绘了战时生产场景，“像一篇美丽的童话似的，一群群的青年们和乡下的人民想要将中国老北国荒凉的山野变成一个肥沃的乐园”。讴歌了在战争这一特殊的历史时期，农民身上固有品质的可贵性。

写于 1943 年的《饮马河边》，也有对于农村诸如贞节牌坊等旧俗的记录。“小庙旁边有几座孝女碑和烈妇坊，这使得这古老的村庄威严了许多，也忧郁了许多。美丽的青春在锁枷下震抖着，村庄上的姑娘每想起这阴森的碑坊便忧郁起来，战栗起来。我从那小庙旁银色的碑坊前走过的时候，便像走进坟墓一样使我感到难耐的窒闷。”

刊载于 1942 年描写农村收获场景的《收获时节》，全文看不出战火对于农民生活有何影响，农民一如往日收获着庄稼。“月光如水，天是碧蓝的，星子很舒朗，人们睡在禾堆上或树荫下谈着收获的事情或远年的逸事。”正是中国农民在战时这样一种生存状态，彰显出其淳朴的品质与坚韧的生命力，成为支撑中国革命取得胜利的保障。姚青苗通过作品对农民在战争中的不幸遭遇表示同情，从战争给普通人造成的不幸中，对不义的侵略战争进行了强烈的谴责，对于鼓舞人们的抗日爱国热情也具有积极的意义。

1942年发表的报告《同蒲路某站》一文中，对于苍头所发生的恶战这样描述道："中国的正规军有两师之众，包围了苍头，而城里出援的日军被镇河西的游击队击溃在八针壕里。"但是对于具体的战争没有详细的描述、渲染，只是简略地写了两名路警将日军玩弄，以及镇河西获得了五挺机枪和几十支马拐子步枪。

写于1943年的《苍头》，对日军对琉璃坝上的渡口苍头的控制，以及对保安队和守桥的伪军已和国军勾结的事实进行了直接叙述："大批的军火在煤炭的筐箩里和石灰口袋里从桥上过去了，扮着挑夫和小贩的国军也屡屡从桥上过来过去，并且将国军政治部里所印刷的国语反正传单贴在敌军的碉堡上了。"

早在1939年5月"文协"组织作家战地访问团访问陕北、晋西北、晋东南等地时，也有过类似的"震颤"体验：敌我双方已在中条山下黄河北岸作战，黄河南岸的农民却丝毫感不到战争的恐怖，一如既往地耕耘。农民在战争动荡时期，表现出了对土地宗教般神圣、执着的感情，赋予作家创作的力量。

这种在中国农村司空见惯，甚至一度被冠以"麻木"进行批判的农民形象，在不同文化背景的人眼中则具有非凡的意义。战时一位美国医生就曾忆起，其在中国抗战时所看到的终生难忘的"瞬间印象"：当这位医生乘轮船穿过三峡时，陷入了两岸炮火夹击，透过阵阵烟幕，突然看见堤岸后面的田野里，有一个年老的农夫，驱着一头水牛，正执犁而耕。尽管炮火轰响，子弹横飞，他竟毫无所动，依然有旋律地在同一片土地上走来走去。掘出的犁沟，与平时所掘出的，完全一个样子，没有不同的地方。[①]

这一幕成为瞬间的永恒，而这位执犁的农民，在这位美国医生心中，也成为“魔术在身的象征”。

农民，尤其是战争中的农民，对于“土地”“庄稼”这份虔诚、圣洁的感情，也使得与“土地”早已相融的“农民”有了某种如宗教信仰般的意义。正如姚青苗在《播种者》一文中所塑造的老青叔的农民形象，当常年引人过封锁线的农民在最后一次冒险失败被抓时，他没有去想那些恶棍们，“而以一颗童稚的心想着封锁线外那个崭新的天地”。这位封锁线上的农民犹如一个“宝贵的神秘的使者”，如“教徒”般有坚定的信仰和热诚，想起被他引过封锁线的人们，垂死前仍显现出“寂寞的微笑”。在《山峡中》中战时受了伤的士兵“号唱”起来，让“我”惊奇：他怎么会有这样坦然的心情？而这份坦然的心情，是超越了勇敢的：

帐幕的外边躺着三个伤重已死的伤兵，我们在模糊的黑暗中端详着他们，萍的眼泪又流下来了。我们在草丛中间采集了许多野花撒在他们的尸体上，向他们的亡魂默默地致着最崇高的敬礼。

①贝西尔：《美国医生看旧重庆》，钱士、汪宏声译，重庆：重庆出版社，1989年，第6页。

战时相当一部分作家从农民身上这种“永恒”品质，看到了国家的未来和希望，并将其作为一种心理归属发掘。这一点有别于20世纪二三十年代，以鲁迅为代表的作家对于农民形象的评价。因此，也有学者指出，40年代作家在战争中对农民形象的再发现，“不仅是社会学、政治学意义的，而且是民族学意义的”。也从一定程度上改变了至今愈演愈烈、某种程度上为批评而批评的农民形象。

由此看出，并非历史事实本身，而是作家在历史现场中的真实体验与感受，影响甚至决定着某一事件和某类人物的形象与价值。也正是由于这些立足人性写作的知识分子型作家及其创作，为后世读者提供了重回历史现场的文本史料。

此时，对农民形象有相似见解的，除了战地访问团的作家之外，还有废名。废名在其“五论俱全”的“历史·哲学”著作《莫须有先生坐飞机以后》中，多次肯定“对国家尽义务”的农民，并由此阐述了个人的启蒙思想：“中国的复兴向来是农民复兴的，因为他们的社会始终没有动摇，他们始终是在那里做他们的农民的，他们始终是在那里过家族生活的。”[①]

除了与土地相融、带有宗教信仰般色彩的农民形象，姚青苗作品中还出现大量农民反抗者的形象。

写于1939年的《从延安到吉县》一文中，姚青苗通过描写本地一对父子之间的口角，抒发了对青年一代觉醒的期待之情。父亲对于儿子指责他抽鸦片的举动感到愤怒，甚至惊恐，“唉，

①废名：《莫须有先生坐飞机以后》，《废名集》第2卷，王风编，北京：北京大学出版社，2009年，第1024页。

如今这世道，连儿子也管起老子来了”。父亲对于想象中的父子关系，还停留在“从前我做孩子的时候和我父亲做孩子的时候，我们都是专听老子的话的，那还有一点违抗”。殊不知，受五四启蒙思想以及新文化教育的青年一代，已经不是“专听老子的话”了。在与父亲发生不快时，得不到父亲的支持与理解，儿子愤然出走，“那各走各的，我参军自卫队去了。……”想起“淌着酸泪”的老头儿，作者产生了“可怜”和“同情”。但是，一想起那儿子，“便又不由得把同情移到那年轻的一代上去”。正是因为有年青一代的存在，虽然在这“荒山里皎洁的寒月”之下，“我已看见那幸福的、自由和正义的萌芽了。为了我伟大的母亲，我亲爱的祖国，我要献出我的一切来”。

在随后的《黄河的激流》一文中，父辈形象有所改观，不似《从延安到吉县》中父亲那般固执。当葫芦最终不再为鬼子挖战壕，决定去报信，却被汉奸抓住杀害后，葫芦爹从最开始的全身发烧，“像一只瘟猪似的躺在草铺上呻吟着”，到在梦中的反抗，“做了一个幸福的梦”，梦醒后却悔恨自己的醒来，恨不得重新钻回梦中，直到最后，终于奋起反抗，拿起斧头砍死了汉奸施不全。

创作于 1944 年的《野性的黄河》，以老船夫为代表的父亲形象则更加开明，带有希望的曙光。老船夫的儿子决定不重走父亲的老路，为了“要使你将来能过更好的生活”，选择当兵打仗。此时的老船夫，仿佛“有生以来第一次看见太阳似的”，亲自将儿子和他的同伴送过河去。当孩子们举着枪，向老船夫致谢时，老船夫流下“快乐而又悲哀”的眼泪，感觉“有生以来第一次”被当作人看待了。也是因着儿子这些敢于反抗的、有希望的青年一代，老船夫“渐渐和那愤怒而忧愁的黄河和解了，渐渐地原谅了他”。文章结尾，作者借老船夫之口，表达了对未来生活有所改变的希望：下一代人将过着人的生活，不再是这样的悲惨阴暗。

尽管农村中出现了敢于抗争的农民，还依然存在着大量具有劣根性的农民。如《某城风景》中，在敌人扫荡后如烂鞋底一样被人遗弃的城市里，农民进入城市，却“模仿着富人的气派”“学着鬼子们的风习”。曾经在维持会听过差的马后喘带着幸灾乐祸的神情，盼着鬼子和鞑子再来一次，借此机会发洋财，认为“咱不管这些捞什子，鬼子也罢，馍馍队也罢。只要……只要……咱的腰包硬了就算话……管他娘的鱼大吃虾，虾大吃鱼。……”其身上具有的农民对于革命的投机性暴露无遗。《琉璃堡》中的车夫，白天“像牲口一样”汗流浃背，过度地负重，晚上又用酒、鸦片和女人刺激已是过度疲劳的身体，仿佛“整个世界上除了性的冲动以外，是什么也不存在了”。

《破庙中》一文中，在观音庙里投骰子的八个农民形象，更体现出农民狡诈的一面：喜财叔是最吝啬却又最勤苦的农民，眼睛已经红了，眼角频频淌着黏泪；赌头老罗像“一盏熬干了的破油灯一样”，眼角也频频淌着酸泪；等等。对于乡间农民无聊、寂寞的夜生活，作者是有所同情的，可对于这个“恐怖的可悲的、燃烧着野心的战场”，作者又流露出愤怒与不快。“八个人的眼光全向着碗内注视着，仿佛那刻着红黑点子的骰子不是骨头做的，而是一个有血有肉而且有灵魂的活东西，六支有灵魂的东西像魔鬼般在粗白瓷的大碗内舞蹈着，牵着这八个农民在紧张的弦子上走着。希望，贪心，失望，恐怖……多么可怕的斗争呀，这是人生的一个活的舞台，阴谋，诡诈，燃烧着的野心呀，八个人中的每一个人都想把其余的七个人的眼珠子都赢出来。”当郭二娃使用假骰子，情急之下，将灌铅的骰子塞进嘴巴后，却仍不能消减其余几个人的愤怒，将其惩罚砍死。作者不得不感慨，“不，这不是舞台，这是人生的一个活的舞台”。

姚青苗在写于1948年的散文《更房里》中，通过回忆挤满了农民的更房，对其视野中的农民形象做了全面的梳理与总结。作者指出，这里的生活和几百年前一样单调、寂寞。作者在文末集中笔墨对自身真实观察到的农民形象做了一个较为全面的梳理：

说乡下人和农民们愚蠢和无知是不对的，说他们淳朴和宽厚也是不大对的，事实上他们有些聪明的计划，有些顽固得像石头一样，有些啰唆得像一个老太婆一样，有些则坚毅得赛过一条牛筋。宁愿一辈子打着官司把房子卖光而不向他兄弟屈膝，残忍而自私的、卑鄙而阴险的血液永远在他们的血管中流着。正如那阴暗而单调的日子永远在村庄里一样。

从姚青苗对于农民形象的描写与再发现中，可以归纳出作者对于生命及生存困境的思考与追问，以及就“战争哲学”进行的反思。虽然由于战时环境的动荡以及自身阅历的有限性，在创作中，姚青苗始终未得到一个较为清晰的回答。但这种立足本土和生存经验的书写，没有淹没在时代口号声及文学的工具性中。姚青苗关于农民形象的评价，既有对农民在战争中“永恒”品质的发现与认可，又有以他者眼光看待农民，对其身上的劣根性进行批判的观点。

农民形象是中国知识分子对乡土中国现代化主体的理想性建构和革命性改造的审美产物，体现了中国知识分子对乡土中国现代化道路的认识、理解与选择。农民形象不仅是乡土中国现代化探索道路上的审美艺术结晶，而且本身就是一种参与建构乡土中国现代化的重要革命资源、文化力量。现代文学农民形象展示了中国现代文学现代性的“乡土中国”叙事特征，是中国现代文学现代性的一个重要特征。现代文学众多色彩各异的农民形象就是乡土中国现代化审美叙事的中心内容、中国现代文学的现代性独具特色之一。乡土中国现代化与中国农民、中国现代文学与农民形象，具有一种相互映现的同构关系，构成一种互动联系。因此，对农民形象的研究，是探究乡土中国现代化、现代文学现代性的一个重要路径。

第二节　“永恒”的农民品质

纵观历史发展，中国农民始终处于被各利益集团、各党派政权剥削、利用、牺牲的处境，常连最基本的生存权利也被剥夺。而对于农民形象的塑造，体现了创作主体不同的文化态度，也是其与农民之间不同精神文化的体现。正如赵园在《地之子》一书中所指出的，农民形象常被视为“历史文化的人格化”①，作为民族文化反思的载体。

姚青苗在创作中，对于抗战期间农民形象的发现，正是对人自然属性深切关注的体现。而对于人自然属性的体察与关注，恰恰是20世纪主流文学所缺失的。在当时大量作家及作品成为政治传声工具的历史语境中，文学作品中人物形象被符号化，丧失了人的自然属性，而其社会属性也被特定的阶级属性掩盖。

姚青苗对于战时农民形象的关注，尤其是对其在战争中“永恒”农民品质的发现少了五四以来传统知识分子身上遗留下来的优越感与政治焦虑感。他没有站在将农民题材视为苦难文学进行处理的道德制高点上，减少了以往历史语境中的讽刺与同情。正是基于这种对个体生命的温和体察，使初入文坛进行创作，人生阅历、文学造诣均不够丰富的姚青苗，在创作中，能够有意无意地克制知识分子身上普遍存在的启蒙、批判、拯救、改造等特质，客观呈现所见所感，还原历史风貌，深入拓展作品的美学意义。

姚青苗基于对本土复杂的情感，以及立足这种复杂的情感，进而发掘出较深层次的本土文化品格，显现出作为知识分子型作家的人道主义精神。而这种对于故乡的矛盾情感，更使其作品蕴含了复杂的感情，彰显出作家个人魅力，提升了文本的张力与表现力。正因为作品里面描写的是作家最熟悉的乡村，故与一般抗战小说是有区别的：

---

①赵园：《地之子》，北京：北京大学出版社，2007年，第52页。

在度过了十几年的岁月以后，我夹着行囊，辞别了母亲和这古老的村庄，开始踏着人生坎坷的道路了。我到了许多地方，过着陌生的生活，将时光和青春的精力完全消磨在书本上。渐渐地，我对故乡像情人一般的怀念起来。

暑假中，我回到故乡，我的脚又踏上了饮马河边湿软的沙土，我和那久别了的竹林、山谷、白杨……重会了。故乡的风景是美丽的，但那没尾巴王祥，狐仙爷和鸡脚……却打不动我的心了。我在饮马河边和白杨树的凉荫下读维克多·雨果、普希金，读着克鲁泡特金的传记，晚上在一盏如豆的灯光下，我抒写着生活的林爪和历史的行程。我以我的秃笔为苦难的兄弟们来呐喊，我含着热泪写了许多诗篇。

但猎者的网幕和火炮却伸向故乡，于是在一个深夜里，我悄悄地爬上一叶扁舟，用力划着桨，离别了我的可爱的故乡。

我的心是异常的沉重，我好像在地狱里旅行着似的。当我站在清澈的池水旁边照着影子时，我发现我的影子也是在颤抖着，泪珠像一条银线似的从我的眼睛里挂了下来。

文学创作作为一种复杂的精神活动，需要作家进行丰沛的情感投入，从而在创作中，将创作主体与表现对象连接，在平等对话中，产生情感共鸣与心灵共振。而创作动机与创作环境对文学创作将会产生深远的影响，也在一定程度上制约、影响、支配着作家对于人生存状态的感受与理解。而作家对于本土的情感姿态，也很大程度影响着其作品内在的精神结构，提供了进行思想探索与艺术表达的空间。

同时，姚青苗常年活动在国统区，这样一种客观的创作环境，使其在文学创作中，不得不采取一种较为中立的价值立场，而恰恰得益于这种较为中立的立场，姚青苗能在动荡的战时语境下，保留一份直面现实的清醒与独立。而正是这种“对周围外部的东西没有关心的‘内在的人’（inner man）”[①]及其创作心态，才能整合创作出真实反映抗战历史与交织民族记忆，具有恒久表现力的文学作品。

面朝黄土背朝天的农民，经年累月地忍受来自各方面的压榨，按照世代既定的轨迹生活。从他们身上，看不到时间与历史的痕迹，也看不到未来的光明与希望。那些五四早已揭露抨击过的非人的思想意识，依然紧紧束缚着农民的精神世界，他们始终没有获得过真正的个性觉醒。从 20 年代末的革命文学到 30 年代的左翼文学、40 年代的延安文学，它们都有一定的疏漏和缺陷，就是它们一贯强调只有阶级解放、民族解放，才可能实现人的解放，却忽略了阶级解放和民族解放不能代替个性解放。对于长期恪守封建传统的中国人来说，即便他们萌生了阶级观念，如果没有个性意识的觉悟，政治经济的解放也不可能彻底，而离人的真正的解放更是十分遥远。

①[日]柄谷行人：《日本现代文学的起源》，赵京华译，北京：中央编译出版社，2013 年，第 13 页。

姚青苗对战争年代下农民形象的关注，以及在这样一种封闭、呆滞的生存环境中，所孕育出的民众生活节奏与民族心理，使得黄土地上的人们具有了承担各种历史大变动的原始力量。而对于农民身上原始生命力的发现，需要观察者对农民生存从五四时期“自上而下”的立场，转换成一种温和的“自下而上”的视角进行体认。“自下而上”的体认方式，才能促使作者去发现。在农业文明孕育下的乡土中国，农民在这种看似忧郁却自给自足的“温床”中，所形成的价值与伦理体系，从看似麻木性中发现农民身上的斗争性。

作家在这一创作群体身上体现一种情感特征，那就是面对曾经生活过的乡土社会既怀恋又不自觉地要用理性去审视，审视中体现出了乡情与理性的冲突。这种冲突体现在创作中，就表现为他们对作家笔下的人物既充满了亲人般的同情，又对他们的愚昧落后、麻木进行了理性的批判；他们对那片大家生活过的乡土的淳厚的风土人情深深眷恋，又对那许许多多的愚风陋习深恶痛绝。漫漫农业文明造就了古老的乡土中国，生于斯、长于斯、老于斯的人们在周而复始的生活中，积淀形成了一种整套的伦理观念、价值体系，这些东西必将反映在文学作品中。由于没有现代都市文明的参照，乡土的前现代性并没有被人们所意识到。经济上可以自给，无事外求的人们满足于自己的生活，“农耕民族与其耕地相联系，胶着而不能移，生于斯、长于斯，老于斯，祖宗子孙世代坟墓安于斯。故彼之心中不求空间之扩张，唯望时间之绵延。绝不想人生有无限向前之一境，而认为当体具足，循环不已”[①]。

第三节　抗战文学中的作家与农民

在姚青苗的抗战文学中塑造的农民形象，实际上已经是全新的“新人”。“所谓新人，就是解放区文学中作家所着力塑造的，作为历史主体和历史动力的翻身农民形象”，即“农村变革中的农民和抗日战争与解放战争中的农民形象”。在毛泽东的《在延安文艺座谈会上的讲话》发表后，记叙农民新人新事更成为解放区文化创作的主流。新的生活和不断的战斗产生了新的人，这些人不同于父亲一代，甚至哥哥一代，而是具备了新的感触、愿望和生活习惯。他们对现实生活负起了新的责任。他们把这种新的责任看得很重，他们有新的智慧。因为英雄故事的连续，在作品上就要求创作新人的典型。

作者眼中的农民呈现出这样一幅图景：他们积极抗战，必胜信念坚定，正在勇敢打破旧有权威，要求减租减息，参与到民主政治中来，生产中干劲十足，并在生产过程中创造着新的经济社会。主动要求学习文化，真正实现了精神的自觉，并且在文艺上极富创造力。在社会生活中，价值观和道德观等深层次的东西发生变化，在一定程度上改掉了过去的陋习并破除了

①钱穆：《中国文化史导论》，北京：商务印书馆，1994 年，第 3 页。

迷信。农村新人在抗战、政治、生产、文化、社会生活等方方面面显示出与“老中国人”不同的“新”特点来。

作者眼中的这些农村人身上所具备的特点，正是符合当时抗战和解放区的建设发展现实需要的。随着这些农民新人“英雄”在作者眼中的定格，农民在文化人眼中越来越高大。在主流思想指导下，在作者心中，农民的地位被提到了空前的高度。逐渐地，作者审视农民的视角，开始不同程度地由平视转为了仰视。作者转而对自身的观照发生了变化，他们感到自己身上到处存在着知识分子的弱点与缺陷，农民的高大越来越衬托出文化人的渺小与卑微，五四时期作者自身与生俱来的优越感似乎要被一扫而光了。这造成的直接结果就是，作者在歌颂、赞美农民新人的同时，为自己不能完全改造自己的阶级立场而痛苦。作者为了能够真正和农民打成一片，融入农民之中，要去学习，改造自身。

通过对姚青苗眼中的农民形象进行考察，我们注意到，作者对农民的认知呈现出如下特点：对农民巨大作用的普遍体认，前所未有地与农民有了近距离的接触。抗战爆发后，大批文化人自都市来到战区。文化人与农民生活在一起，朝夕相处感同身受。在与农民的接触中，他们眼中的农民再也不同于贫弱、麻木、阴郁且充满抱怨的“老中国人”的形象。深入农民生活，能够从感情上真正地了解农民。在这个过程中，解放区的文化人普遍感受到了农民蕴藏的巨大力量。这个过程正如女作家丁玲所说的：“如果作家不成为现实的大众生活热烈的参加者，悲大众之悲，喜大众之喜，与大众一起奔赴民族解放斗争的战场，他便不能看清生活中新的步伐带来了怎样的变化。他不能了解昨日的、落后的、愚昧的个人怎样在抗日战争中被教育着，成为坚强的、干练的、前进队伍中的一员。”

抗战是这个时期的主题。在文化人的眼中，农民的巨大力量首先表现在抗战上。“日本帝国主义者向中国开始了疯狂的进攻，我们为了活，为了不愿孩子们永做人家的牛马，从老年人到孩子，从老太太到小姑娘，整个的民族咆哮了。”作者看到了农民积极抗战的热情、充分发挥的聪明智慧和勇敢。置身于占中国人口绝大多数的农民中，文化人此时才真真切切感受到了全民抗战的力量和农民的巨大力量。

抗战时期文化人眼中的农民呈现出引人注目的样貌，并具有上文所论述的特点，原因如下：第一，抗战的现实使得文化人感到必须重新认识农民。抗战的需要使文化人认识到重新审视农民的必要。五四时期文化人眼中的农民，是贫弱麻木、阴郁宿命、满是瘤疾的“老中国人”。五四以来的文学创作，有不少作家表现了农民形象，但过去的优秀作品几乎都只写农民消极落后的方面。以鲁迅为代表的五四一代文化人勇于揭露农民身上固有的国民劣根性，他们以悲悯的眼睛去审视“老中国人”，哀其不幸，怒其不争。他们通过挖掘农民劣根性的手段来对农民进行启蒙。

日本全面侵华使我们的民族危机空前深重，抗战高于一切，民族矛盾上升为主要矛盾。如果在这时，还延续五四一代文化人的理路继续挖掘农民身上的劣根性，以俯视的视角审视农民，则非常不利于动员起占中国人口绝大多数的农民投身抗战。文化人只有放下身段，与农民平等对话，才能更加充分地利用文化宣传，动员更多的农民投身抗战。在民族危机空前深重的形势下，抗战时期的解放区，虽然首要任务是动员农民参加抗战，重在“救亡”，为了达到“救亡”的目的，文化在指导思想上采取了为工农兵服务的思想，在手段上采取一切办法使农民喜闻乐见、易于接受，运用了塑造农村抗战和生活中的农民“英雄”“模范”的方法，但追到底，目的仍是动员农民参加抗战，教育鼓励农民改掉身上的劣根性，成为“新人”。

在手段上虽然不同于五四时期挖掘国民劣根性的理路，但是，不能因为手段的不同而否认解放区文化人的“启蒙”思想。实际上，通过论述可以看出，文化人对农民的启蒙即使在抗战中也没有中断过。五四时期的逻辑是找到病根，并要求受众改掉病根；而抗战时期的逻辑则是树立健康的榜样，动员受众向他学习。二者在改造国民劣根性上是相通的，只不过在方式上，解放区在抗战救亡的色调下没有五四时期来得那么尖锐罢了。

作者审视农民的视角发生变化，已经学会站在农民的立场、角度审视农民。五四以来的文化人，在审视农民时，多是以文化人的视角去审视，是一种由高向低的俯视。由这种俯视的审视角度，就产生了悲悯、同情等由上到下的感情。而抗战时期解放区的文化人在观照农民时的视角则不同于以前，他们在中国共产党的政策导向下，纷纷投身农村，深入农民生活，力求与农民打成一片，积极对自身进行改造。他们力求融入农民，融入农村的生活，具备农民的阶级立场和思想感情。以毛泽东为代表的中国共产党领导人非常重视农民在抗战和解放区的建设上的重要作用。毛泽东曾指出，农民——这是中国军队的来源。士兵就是穿起军服的农民，他们是日本侵略者的死敌。作为解放区领导者的中国共产党如此重视农民的作用，这种自上而下的导向作用，无疑对文化人认识农民的巨大作用产生了重要影响。毛泽东的《在延安文艺座谈会上的讲话》发表后，这种来自上层的导向作用在文化人认知农民上的影响就更大了，成为每个解放区文化人的指导思想。毛泽东指出："我们的文艺工作者一定要完成这个任务，一定要把立足点移过来，一定要在深入工农兵群众、深入实际斗争的过程中，在学习马克思主义和学习社会的过程中，逐渐地移过来，移到工农兵这方面来，移到无产阶级这方面来。只有这样，我们才能有真正为工农兵的文艺，真正无产阶级的文艺。"并且说道："中国的革命的文学家艺术家，有出息的文学家艺术家，必须到群众中去，必须长期地无条件地全心全意地到工农兵群众中去。"由以上两则材料可见，上层领导者眼中的农民是抗战的主力，他们的地位何等重要，可想而知。

上层领导者根据对农民的这种认知，产生了文化为工农兵服务的指导思想。那么，文化如何为工农兵服务呢？就是文化人深入农村，与农民打成一片。在中国共产党的这种指导思想下，深入农村，和农民打成一片，改造自己的思想便深入文化人心中。在这种思想的指导下，文化人不仅看到了农民新人，而且在心中，农民被摆上了前所未有的高度，成为文化人心中的"英雄"和"楷模"，成为文化人学习的对象。随之，出现了在褒扬农民的同时对自我的贬抑。文化人生活环境的改变，首先表现为抗战的爆发，都市相继沦陷，大批文化人由都市来到农村，改变了以往的生活环境。在解放区，与文化人朝夕相处的是农民，文化人耳濡目染的是农村的事，这使得文化人得到一次和农民近距离接触的机会。在这个过程中，文化人对农民有了更加深切的认识，切实感受到了蕴含在农民中的巨大的力量。随后，在中国共产党“文化人下乡”的号召下，更多的文化人更加彻底地深入农村，投入农民的生活。

农村这种状况与中国古代的超稳定社会结构有着密不可分的关联。古代宗法一体化结构在王朝稳定时期扼杀了新因素的壮大，抑制了新结构的成长以及萌芽的结合，而王朝修复期的大动荡对生产力积累的大破坏，摧残了新生的萌芽，使中国封建社会构成了周期性动乱和停滞并存的超稳定系统。这种系统使得中国大一统的帝国社会形态保持两千年之久，虽然中国古代社会城市和商品经济相当发达，却没有产生类似西方资本主义国家的商业文化以及城市文明。乡土经验和乡土文化之所以进入小说，成为作家审视对象，源于现代启蒙理性的参照，以及现代都市的对比。

这种态度在现代中国文学中都得到了一定程度的继承和发展。对现代中国文学作一个粗线条的梳理，可以发现，五四文学之后、延安文学之前的现代中国文学至少有三种想象农民的话语方式：一是以鲁迅为代表的“人生派”乡土文学；二是以沈从文为代表的“京派”乡土文学；三是以茅盾为代表的“左翼”乡土文学。“京派”乡土文学无疑承续了陶渊明乡土田园诗的恬静与优雅，鲁迅和茅盾则进一步弘扬深化了白居易人道主义精神的深挚沉郁。但无论是鲁迅、茅盾，还是沈从文，其作品中的农民在很大程度上可以看作是他们自己眼中的农民，是作为文化人镜像的农民，他们往往是文化人借以传达自己价值理念、理想追求的媒介或符号，是文化人自我意识的主观投射。作为言说的主体，文化人高高在上，以文化和身份的优越俯视着大地上的芸芸众生，批判、同情、歌颂等，往往是文化人自己挑起的话题，自己做出的结论。相应地，农民往往也成了被想象、被表述、被言说的客体，所以，他们时而是亟须救治的“精神病患者”，时而是宜人悦目的“花鸟”，时而是充满力量的复仇群体。

我们无意于辨析哪一种表述更接近“常态”的农民，但可以肯定一个事实，新文学与农民之间隔着一层可悲的“厚障壁”，言说的主体——文化人与被言说的客体——农民之间隔着一层可悲的“厚障壁”。也正因此，毛泽东在评价五四运动时才明确指出，这个文化运动，当时还没有可能普及到工农群众中去。它提出了“平民文学”口号，但是当时的所谓“平民”实际上还只能限于城市小资产阶级和资产阶级的知识分子，即所谓“市民阶级的知识分子”。反过来，这也标志着中国现代知识分子的生活、情感、思想方式与真正的农村、农民依然相去甚远。

瞿秋白曾尖锐批评：“五四的新文化运动对于民众仿佛是白费了似的。”五四式的新文言所谓白话的文学，以及纯粹从这种文学的基础上产生出来的初期革命文学和普罗文学，只是替欧化的绅士换了胃口的鱼翅酒席，劳动民众是没有福气吃的……现在，平民群众不能够了解所谓新文艺的作品，和以前的平民不能够了解古诗文一样。这种说法充分反映出新文学发展的自我焦虑。

令人欣慰的是，始终困扰着新文学的大众化、民族化问题在延安文学中得到了相当程度的缓解。延安整风运动之后，作家们以前所未有的热情走向民间，走向农民。他们不再高高在上，而是一次新文学与农民的对话，是精英知识分子话语体系与农民话语体系的交流与沟通。当然，这种对话与交流是在主流意识形态的调控下进行的，但我们决不能因此忽略或无视农民的崛起，对文学巨人的影响和制约，而仅仅强调主流权力话语对文学的规训与整合。这不仅是因为延安文学的生存空间是农村，主要接受群体是农民，更重要的原因在于农民而不是知识分子作为中国革命的主体力量登上历史舞台。伴随着政治上的崛起，农民在文学中的主体地位日渐凸显。

马克思和恩格斯早就说过，“统治阶级的思想在每一个时代都是占统治地位的思想”。这就是说，一个阶级是社会上占统治地位的物质力量，同时也是社会上占统治地位的精神力量，支配着物质资料生产的阶级，同时也支配着精神生产的资料。既然以陕甘宁为中心的革命根据地被表述为“革命的新民主主义的社会”，是“人民大众当权的时代”，而人民大众的百分之八十是农民，子弟兵是穿上军装的农民，那么，农民及其文化心理结构对文学的浸润、渗透与规约便自然而然、顺理成章。

换句话说，人民一旦在政治上取得统治地位，自然就会在文学中占据重要席位。古典主义悲剧的主人公只能是王公贵族，启蒙时代市民喜剧的主人公则是处于上升时期的资产阶级。中国的抗日战争，是一次以农民为主体的民族解放战争。当农民作为革命的主体力量不断受到颂扬，农民文化势必会以强势文化的姿态对精英文化进行一定程度的“渗透”与“改写”，这种“渗透”与“改写”在延安文学中表现得尤为集中、尤为典型。就世界文学而言，如此大规模地写农民和为农民而写的文学运动也是史无前例的，这种经验对世界文学而言是陌生的。这正是延安文学所具有的民族的和历史的特殊性。

当然，中国文学中农民的身影早已存在。从《硕鼠》《伐檀》到白居易的《悯农》《伤农》诗，从汉乐府民歌到陶渊明的“桃花源”，文学中的农民想象与表述传统一直传延至今。传延至今的还有关于农民的两种表述体系——农民的自我表述和知识者的表述。农民的自我表述主要存在于乡村文化艺术，如民间故事、乡间小戏、传说、歌谣以及各种各样的民间祭祀、庆典等民俗活动中。这是中国文化艺术一个巨大的资源库，千百年来蛰伏于民间，自在自为、自生自灭，主要以口口相传的方式绵延发展。尽管文人士大夫往往对其不屑一顾，新派知识分子也将其看作落后文化的一部分而加以摒弃，但这里却隐藏着农民真实的渴望与梦想。

费孝通先生说：“要了解农民不能单凭几个数字，要了解他们脑子的思想活动比获取统计数字更难。你不知道传统农业社会的特点，不知道农民的过去，不知道传统怎样支配他们的行为，就不知道农民，更不会知道正在变化中的农民。”而要想了解农民“脑子的思想活动”，懂得传统在怎样支配着农民的行为，我们以为比较有效的途径就是进入乡村文化艺术空间。延安文学不断改变和重塑了乡土世界中农民的价值观念、审美取向、伦理道德、风俗文化，动员、促发农民参与反帝反封建的革命斗争，成为中国革命的主体力量，在争取民族解放、阶级解放的同时获得自身的解放。因此，我们完全可以说，延安文学在绵远悠长的农业文明中萌生发展，必然打上了农民文化的深深烙印。而现代中国革命是一场以农民为主体力量的社会革命，农民的文化心理、道德观念、价值取向与审美心理自然会影响到革命进程的方方面面，与现代中国革命互动共生的现代中国革命文学必然与农民文化发生千丝万缕的文化关联。在现代中国文学发展史上，没有哪一个时段、哪一种形态的文学比延安文学与农民、与农民文化之间的关系更密切。延安时期的陕甘宁边区，农民文化在战争文化语境的规约与主流政治意识话语的引导下，逐渐以一种强势文化的姿态参与到现代中国文学的建构过程中，成为延安文学发生、发展一个不可忽视的“文化语境”。

就是在这样的对话、交流、沟通中，知识分子真切体悟到农民那沉重真实的苦难和祖祖辈辈的期望梦想，真实的农民和农民的真实生活第一次大规模进入了文学。更重要的是，当知识分子把长久以来投向西方的欣羡目光转而投向一直被他们批判、否定与排斥的乡村大地时，他们惊异地发现，广大贫瘠的农村，原来蕴藏着如此丰富深厚的文化艺术资源：民间故事、神话传说、民歌民谣。一时间令他们喜不自禁、目不暇接。就这样，主要从西方获取资源的五四新文学，与无处不在的民间乡土文化文学发生了“亲密接触”，其结果，使乡村民间的文化精华得到保存、弘扬、创化。

在此引用一段鲁迅被人们反复援引的自述：“说到‘为什么’做小说罢，我仍然抱着十多年前的‘启蒙主义’，以为必须是‘为人生’，而且要改良这人生，我深恶先前的称小说为‘闲书’，而且将‘为艺术而艺术’看作不过是‘消闲’的新式的别号。所以我的取材，多采自病态社会的不幸的人们中，意思是在揭出病苦，引起疗救的注意。”①在关于乡土文学的阐释中，鲁迅强调了作者的身份特征，他们是离开故乡的都市“侨寓者”，具有城市生活经验，正是这种城市生活以及现代民主、科学观念给乡土小说家提供了观照审视乡土中国的前提。他们向往、汲取现代的城市文化，反观、批判传统的乡土文化，发掘和放大乡土的前现代性。于是，以描写乡土生活、审视乡土文化为内容的“乡土文学”，在启蒙理性的烛照和城市文化的刺激下方兴未艾。

对现实的批判和对个体价值的重视，是鲁迅以及20年代乡土小说家的文本的显要特征。小说家们以启蒙的理性之光对农民文化形态和心态进行批判，以历史性的深邃眼光来看待中国农民文化、农民形象。他们对乡间亘古绵延的乡土习俗进行理性审视，描写了冥婚、偷汉、典妻、械斗、水葬等乡土习俗，展示罪恶的渊薮和人们的愚昧麻木。在乡土小说家的启蒙话语

①鲁迅：《我怎么做起小说来》，《鲁迅全集》，北京：人民文学出版社，1981年，第512页。

之下，乡土表现为黯淡的景象，“乡土生活作为一个景观是由‘五四’以来的新文学第一次带入表现领域的”。20 世纪 20 年代出现了一批乡土文学作家，如台静农、彭家煌、蹇先艾等。但很快，新文化对于乡土社会的表现基本上就固定在一个阴暗悲惨的基调上，乡土成了一个令人窒息的、麻木僵死的社会象征。

新文学也从乡土中吸纳了宝贵的艺术滋养，催生出新的文学样式和文学要素，创造出具有鲜明“中国作风与中国气派”的新的文艺形态。文艺从贵族的沙龙客厅走向田间地头，从少数文化人的个人主义品评回到广场上普通民众的狂欢。农民主体性特征的形成绝不是无本之木、无源之水，相反，它具有深广的历史根基和坚实的文化基础。这不仅在于中国是一个农业国，农业过去是现在仍然是国民经济的基础，也不仅在于农民，无论是过去还是现在，农民仍然是中国最大的社会群体，而且还在于华夏文明本质上是建立在农业基础上的文明，我们民族的传统价值观、生活态度和行为模式，都是由漫长的小农家庭的生产和生活方式酿造的。因此，不理解中国的农村和农民，就不能从根本上理解中国的国情、中国的历史和中国本身。

在一定意义上，中国传统文化也就是农业文化、乡村文化。相比之下，城市文化远没有成熟，正如台湾学者刘石吉所说：“传统中国文化的主要据点应是乡村，中国文化基本是以乡村文化农业文化为特征，至少在中国传统中，城市未扮演重要功能，没有明显的城市文化。”无论是过去还是现在，中国人基本上还没有脱离农民文化的窠臼，不同程度存在着农民意识，中国人的思维方式、心理习惯都还受着农民文化的深刻影响。

文学作为文化的一种特殊形态，则以形象化的方式集中典型地表征了一种文化的本质特征。在当今中国14亿人口中，仍有超过5亿的人口是农民，农民文化之于一些探讨文学与区域文化关系的著作或文章中虽偶有涉及，但总的说来，是比较零散、比较贫乏的。事实上，正如我们所反复强调的，农民绝不仅仅是一般意义上的文学接受者，而是文学发生、生存、发展的一种构成性、方向性的力量，这种力量以或隐或显的方式渗透在文学观念建构，以及文学实践的过程与细节中。所以，若把抗战文学看作是新文学作家与中国农民的广泛“对话”，也许能更准确而深入地理解这种文学现象的历史本质。在这场对话中，新文学作者不管以往有怎样的艺术个性，这时都将目光转向曾作为中华民族摇篮的黄河流域“黄土地”，以及生活在这片土地上作为民族主体的广大农民。他们以前所未有的热情认真体味研究中国农民的思想、情感、心理与审美情趣，刻苦发掘钻研民族、民间文艺，力图以农民大众喜闻乐见的艺术形式，去充分表达农民的思想与情感，表现他们的生活和命运。

美国学者詹姆逊认为，历史现象是一个多元决定的现象。因此，对任何一个历史问题的解释也是多种多样的，任何一个事实结果的原因是难以穷尽的。面对纷繁复杂的历史现象，詹姆逊的方法是“回到作品的历史环境”。中国现代作家尽管属于现代知识分子，但他们与农民有着永远割舍不了的千丝万缕的联系。

赵园说：“知识分子因其教养和精神生活，也因其与土地的‘非基本生存关系’，更利于保存‘古旧梦境，传统诗趣’……

知识分子往往是比‘农民’更严整的‘传统人格’。”如果追溯历史原因，作家的知识分子身份的前身和农民就有长期的、机密的联系。所谓“半耕半读”“耕读传家”，就说明在中国读与耕两事，其间气脉浑然，相通而不相隔。更多时候，知识分子也乐于放弃自己思考的权利，农民对那种“一人一义，十人十义”的百家争鸣现象不知所措，知识分子同样渴望全社会能达到“一志一意”的“和谐”图景，尽管这是一种趋于死寂的和谐。

中华传统文化根植于源远流长的农耕文明，中国现代知识分子虽然强烈反对旧文化，但在中国这样一个农民文化积淀极深的国度里，知识分子的精神深处隐含着农民文化心态，对农民文化、乡村文化乃至农业文化有着不自觉的割舍不断的依恋。五四时期知识分子虽然把思想启蒙作为自己的使命，但大多数人现代意义上的独立品格还未完全建立，思想深处依然是巴金所谓的“觉新性格和奴隶意识”。背负着沉重农民文化传统包袱的他们，不能很好地适应自己的新角色，完成自己的新使命，他们本来就十分薄弱的自我意识和独立人格在时代政治的狂风暴雨中早已支离破碎。

“大众语”讨论再一次提出了新文学的语言问题，但问题虽然提出了，却没有什么解决的好办法。比如鲁迅，早就开始呼唤“真正的平民文学”，但他对其难度却有清醒的认识：“现在中国自然没有平民文学，世界上也还没有平民文学，所有的文学，歌呀，诗呀，大抵是给上等人看的，他们吃饱了，睡在躺椅上，捧着看。”“在现在，有人以平民——工人农民——为材料，做小说作诗，我们也称之为平民文学，其实这不是平民文学，因为平民还没有开口。”平民没有开口，开口的是知识分子，或者平民虽然开口，嘴里依然是“满口知识分子的话”。这不仅是五四文学的特征，也是早期文学的通病。

新文学主流在表现乡土社会上落入这种套子，一个重要的原因在于新文化先驱者们的“现代观”。在现代民族国家间的霸权争夺的紧迫情境中极力要“现代化”的新文化倡导者们往往把前现代的乡土社会形态视为一种反价值。乡土的社会结构、乡土人的精神心态因为不现代而被表现为病态乃至罪大恶极。在这个意义上，“乡土”在新文学中是一个被“现代”话语所压抑的表现领域，乡土生活的合法性，其可能尚还“健康”的生命力被排斥在新文学的话语之外，成了表现领域里的一个空白。[①]

①唐小兵：《再解读——大众文艺与意识形态》，北京：北京大学出版社，2007 年，第 66 页。

第四章 姚青苗抗战作品的自然诗性写作

第一节 “边疆生活的画家”

姚青苗对文学创作有着自身独到的见解，认为创作是“最伟大的精神折磨”，是“最沉重最紧张的精神活动”。[1]这种“精神折磨”，体现出作者对于永恒人性的关注，与对文学责任的承担。同时，姚青苗认为，真正的文学作品“要从极平凡的生活中检练出‘诗’和艺术品来”[2]。这种真诚的创作态度，使其不够成熟的作品，也具有了哲学思考的张力，凸显出作者在战时语境下对于时间与空间本质的触摸及思考。

从具体情境上升到哲学思考，需要一定的媒介进行提升。在姚青苗作品中，即表现为对自然意象的描绘。姚青苗曾说过，自己的创作手法师承创造社作家。姚青苗在当时也被冠以“边

①姚青苗：《论创作：在山西大学文艺研究会的报告》，《高原》1944 年第 2 期。

②姚青苗：《画符斋杂记》，《泥土》1947 年第 2 期。

疆生活的画家”的称号[①]。这充分表明，作为一个青年作家，姚青苗虽然初登文坛，但自觉、自主地在创作中融入自身感性、理性与智性。在创作中，无师自通地继承了“人格天地”的思想境界，于原始自然中悟到生命及生存的意义。

姚青苗书写战争时，没有一味进行理论说教，而是将人物与景物无痕相融、自然彰显，并以此为背景，从自然景物中撷取并彰显人物性格，人物形象也更为真实、具体。这种在动荡战时环境下从容不迫、不疾不徐地渗透个体生命体验的创作，也将其作品提升至诗性的彼岸。诗意的提升需要一定的媒介，这种媒介在姚青苗作品中，则表现为对诸多自然意象的使用上。同时，这些意象、风景的发现，也并非始终存在于自古至今的“直线性历史”中，而是存在于“某种扭曲的、颠倒了的时间性中”[②]。这些渗透了作者自身感悟的意象，增加了作品文本的诗性及哲理性。

姚青苗写作过程中自发运用诗意的语言和技巧，创造出富有情感、想象和美感的文字。通过艺术性的表达手段，使文本具备更强的表现力和感染力，充分展示了诗性写作的创作特点。例如，情感的真挚流露，无论是喜悦、悲伤还是愤怒，都力求触动读者的心灵。形象化语言，使用比喻、拟人、夸张等修辞手法，使抽象概念变得具体可感，增强文字的画面感。丰富的

①屈毓秀，石绍勋，尤敏等：《山西抗战文学史》，太原：北岳文艺出版社，1988年，第224页。

②[日]柄谷行人：《日本现代文学的起源》，赵京华译，北京：中央编译出版社，2013年，第8页。

象征与隐喻，借助象征物或隐喻，传达深层次的意义，给读者留下思考的空间。注重语言的韵律感和音乐性，通过句子的长短、语气的变化等营造出特有的阅读节奏。

通过对文本进行细读，可以分析归纳出姚青苗经常使用到的意象包括春天意象、群山意象、河流意象、黑夜意象等。

春天作为一个季节性物候现象，在文学作品中经常被使用。姚青苗对于“春”的感情色彩是复杂的。如《某城风景》中，作者写战争对城市的破坏，正是置于“暮春时节”的背景中展开。如烂鞋底般被遗弃的城市，在暮春时节，街巷里“仍然还是死一样的冷静”。一切景物都罩着寂寞的愁容，懒洋洋的阳光也显得非常凄惨，仿佛整个城市已变成一座坟墓了。

《黐鸟的啼叫》中对于妻子去世的回忆，也置于大自然的季节性变化中进行对比。“春在诱惑着大地，连那些未知的生物也在夸赞着生命的美丽”，但“我”的心仍是黯淡的，花卉和草木秋天凋谢，经过冬天到春天又苏醒，但人却只生长在春天。对此，我“憎恨造物的主，也憎恨我们自己”。而《梅小鹤》和《发的故事》中，两个主人公不约而同地发出“为何生在世上”的感慨。少年梅小鹤表达了：“这么好的春天和这么阴惨的人世，真不相配。”而未老先衰的姑母，也喟叹道：“春天又来到了。”在美好的春光中她自怨自艾：“我为什么要生在这个世界上呢？我还不如那落在水面上的杨花……”接着，又心事重重地痴痴望向窗外，任凭年华凋零。

而在以监狱为题材的《两队长》一文中，年轻、嬉皮笑脸的贾队长起先对犯人表示了极大的同情和关心，让“我”感到

“像春天的太阳般的温暖在我的心头上照射”。在《散叶集小序》这篇自序中，作者也传达出，虽然在明媚有生机的春天里，“我的家却是静的，死的，像荒山里的一座尼庵一样”，形成鲜明对比。在描写战时无人区的《阳春曲》中，也流露出其“喜春”的审美情绪，农村从冬日苏醒，开始播种，重建村庄，发出了决定“以愉快的健壮的心情迎接了这战斗的春天”，而在一个月后的“暮春”时节，当重返无人区时，也不再进行感伤凭吊，“将愤怒变成愉快”，决定“在血腥的苦难的大地上站立起来”。在春日战时无人区的体验，也促使作者对历史进行追问与思考，得出了“历史是悲惨的，同时又是光荣的”，在与“人类中两足兽”的法西斯搏斗过程中，坚信“法西斯的屠杀可以使许多人溃灭，却不能使正义溃灭”，并有了“不仅为了我们本身，而且还为了我们的后代”奋斗的思想，已经跳出特定历史时期的局限性，最终发出了“春天永远是属于我们的”呼唤：

所有的农村都从冬日的寂寞和宁静中苏醒了，春风在飘荡着，带着北国的风沙与冷峭。这黄浑的风尘以雄壮的胜利的呼唤向我们召唤着，向五百万为了争自由的人民而召唤着，我们迎接着日寇的进攻，粉碎了加在我们身上的枷锁和那些血腥的迷梦，我们以愉快的健壮的心情迎接了这战斗的春天。

一个月以后，那是一个暮春的细雨朦胧的黄昏，我和云又随着许多同志和大群的民众来到了无人区，但我再不作感伤的凭吊了。我歌唱着，愤怒变成愉快，我跟着人们伸出我的铁拳。在废墟上又盖起屋宇来，我们挥汗如雨地在和土地奋斗着。我们是永不能被征服的，我们在血腥的苦难的大地上站立起来了。

历史是悲惨的，同时又是光荣的，我们的远古的祖先曾经和野兽在这世界上搏斗，那是一个伟大的残酷斗争，那光荣的历史是用血写成的，现在我们拭去了历史的尘埃，又以血泪来涤洗我们的耻辱了，但我们的仇敌不是野兽，而是人类中的两足兽：法西斯的屠杀可以使许多人溃灭，却不能使正义溃灭；我们的血不是白流的，我们的奋斗不仅为了我们本身，而且还为了我们的后代。

我们在劫后的土地上重建了繁荣的村庄，我们播种着，歌唱着，春天永远是属于我们的。

姚青苗对春天意象的使用，多呈现为时间、季节等自然表征，一定程度上体现了其文人思想，鲜有对春天这一意象的自然物候特征进行更深层的人性观照，略显单薄。

从五四文学开始，文学创作就对土地等文学形象甚为偏爱。在姚青苗作品中，群山被赋予了诸如土地般的意义。其故事多发生在中条山、吕梁山、太行山等群山地带，群山将本土的人们长时间束缚在某个狭小空间。这里的人们信息闭塞、生活单调寂寞，保留着古老的生活方式。有形的自然无形造成了人们压抑的性格，群山对于本土民众性格的形成起到重要影响作用，既制约了本土民众的生存状态，又无形中影响其与世界之间形成复杂的自我意识。群山环境已不只是当地人生存的物质凭借，而且成为参与本土民众生活的“文化力量”。人因对于个体的孤独感，继而对于广袤的土地、群山等更心生向往，群山、土地也以其存在，充当了本土人民“心灵、人格的感召”，激发、诱使人“以其内在境界与之对应”。[①]虽然作者没有很深的学养及丰富的经历，但也在本真的直觉中感知到，群山、土地同时也是“空间化的时间，物态化的历史”[②]。

如姚青苗在其作品《山上》中所述，这里的人们“简直跟土拨鼠一样地活着，一辈子都不和外边来往，砍柴，捉兔子，再种些苞谷……这样就过完了一生”。而山中永远是“死一样的静谧”，作者在这种亘古不变、呆滞的山间，却依然可以欣赏到美丽的自然景色：“卜卜卜的啄木鸟，飞来飞去、羽毛闪着光亮的野鸡……”而在这种封闭的群山环境中，听着呼啸的风声，公鸡的啼叫，望着荒山里的寒月和河水，不禁在回忆“鸡鸣茅店月”等古诗中与古人相联。于是，时间在这里也显得渺小了。连人也仿佛被隐没了，群山环境使岁月和时间在这里显得渺小，然而，正是这种“以不变应万变”的自然成就了本土人们在面对残暴且持续的战争时，虽无很高的知识学养，却具有临危不乱、从容不迫的心态。“骤然间，一种对于荒古的回忆，对于自然之神的膜拜的情感进了我的心头，我沉醉在古来一切关于绿林小说的情境里，一种传奇式的神话性的幻想展开在我的眼前。”

①②赵园：《地之子》，北京：北京大学出版社，2007年，第4页。

山上连小径也没有了，在万山丛中，长满着郁苍得和森林一样的荒草和野藤。走在这茂盛得骇人的草丛里，人像是淹没在波浪里一样的隐没了。秋天的金色阳光射在山坡上，山坡上浸满着苦蓬和臭蒿的苦涩的气息。荆棘上的酸枣红了，简直像红宝石的纽扣一样夹在草丛里。野蜂嗡嗡地叫着，彩色的粉蝶在紫色的野兰花丛里翩翩飞舞。

空气是苦涩的，破絮般的白云在天上飞驰着，一阵风过，草丛便沙沙地响起来。这地方是何等的荒凉呵，简直找不出有人走过的踪迹来。岁月和时间在这里是渺小的，那莽莽的草原，那峥嵘的山石，依然不是它数千年数万年前的面貌吗？兀立在草丛中的石块，千形万状。

正是这种淡然、大气的生存心态，使得被鬼子扫荡后的山村依然呈现出“醉红色的鲜艳的落日的光辉射在寂寞的村落里，薄雾似的暮霭像淡淡的烟缕一样罩在峰峦间，高粱叶子在晚风中簌簌地呢喃着”的美丽画卷。

而写于1946年的《中条山下》开篇即指出：“这是卢沟桥事变的第二年夏天，那时我正在中条山一带做动员民众的工作，各地的游击队很多，但情况非常混乱。”此文对群山风景也有如下描绘：“山是绿的，山下的田野是绿的，连人的心上也是一片绿。立在山坡上望去，山下的农村显得那样寂寞和寒怆，一缕缕的炊烟飘在村顶上，远远望去，就跟一幅画布上的风景画一样。”对于中条山一带的自然美景，在散文《太峪口——中条山散记之一》一文中也有所刻画：

太峪口有那么多翠绿的竹林，有那样清澈而凉爽的溪流，有那么多的桐树、松树，有不要钱而随地捡到的又脆又甜的黄梨和熟透了的红枣，有满山的映山红和向日葵，有那绿得使人眼睛发茫的郁郁苍苍的草原……草是绿的，山是绿的，松林，翠竹。……满山里是一片繁茂的葱绿。

而一到夜间，各种美妙的音乐便开始了。宛如一个合唱队似的。蛙在溪水里呱呱地叫着，蛇在竹林里嘶嘶地窜着，而村中那溪流简直比一个媒婆还啰唆，永无休止地呢喃着。夜鹰歌唱在松林里，歌唱在竹林里，母狼以那使人心悸的声音在山峡里嚎吠着。……而太峪口却像一个婴儿似的在它的母亲——大自然的怀抱中沉睡了。

太峪口就坐落在中条山的半山坡上，附近是水。太峪口，风景都很幽美，而地势则更凶险，各个口都宛如中条山的咽喉似的。太峪口的村边满是竹林，经年不见阳光，人一走到里边去，便凉爽得好像入了仙境一样。这竹林整年向这寂寞的山村喧哗着，因此它那热闹的喧哗也渐渐变成寂寞和孤单的了。

就自然特征等因素而言，除群山意象外，河流在姚青苗作品中可谓大量存在，二者一静一动，互相呼应，共同塑造了本土的生存环境。这里的河流意象既包括被称为“母亲河”的黄河，又有本土的汾河、芥子河、柳河等河流。作者选取了流动的、有声音的，似乎是一个历史的活的见证者的河水这一意象，为这片寂寞、呆滞的土地带来了些许灵动与生机。对于世代生活在封闭群山环境中的当地人而言，流动的河水作为一个动态意象，成为具有生命活力的象征之物。

与传统意义上将黄河视为孕育了生命的“母亲河”进行赞颂不同，姚青苗作品中抗战背景下的黄河有着独特的内涵，表现了黄河岸边的人民与黄河之间的生存感情。其笔下黄河意象的核心内涵是一种深沉、宽厚、忧愁却又愤怒而且生生不息的形象。在这样的自然环境下，孕育了本土个体的生命体验与生存感知。《黄河的激流》一文中，对黄河这样描述：

那波涛滚滚的黄河在喘息咆哮着，好像有吐不尽的冤仇和愤怒似的，它那沉重而洪壮的吼声震慑了整个原野，它好像痴汉般的那样唠叨，永远不知道疲倦。对面，那雄伟的黄河看见它的儿女们用着鲜血在洗涤着它所蒙受的耻辱，便像一个发了疯的巨人似的嗬嗬嗬地狂笑了。

主人公贵生、葫芦等被拉去给敌人挖战壕，葫芦投奔自卫队，贵生却迟迟没有勇气改变现状，而此时“夜是沉寂的，只有黄河里的水流在发着迟钝而洪壮的呼吼声”。当葫芦被汉奸抓住杀害，贵生、喜娃叔等终于等来救援队，奋勇反抗时，“对面那雄伟的黄河看见它的儿女们用鲜血在洗涤着它所蒙受的耻辱，便像一个发了疯的巨人似的嗬嗬嗬地狂笑了”。可以看出，作者笔下黄河的角色与内涵，已经超越了传统意义上的“母亲河”。这一诗性的存在也具有寓言化倾向，它似乎是战时状态下本土苦难的见证者，又是青年一代的鞭策者。

姚青苗所关注的黄河意象，不仅局限于山西境内，在描写晋北少数民族时也有体现。如《流星》中对当地飞马队的描述中，姚青苗就对养育他们、暴怒又仁慈的黄河进行了诗性赞美，“黄河是他们的保姆”，黄河的声音像战鼓激励着他们：

被冰雪封锁一个冬季的黄河，现在是融解了。河水是浑浊的，泥水滚滚像一条赤褐色的巨龙一样地翻滚着，奔腾着，以千军万马的气势向下流冲。浪花在跳跃着，水面上起伏不平的波涛永远地疾驰追逐。泥水的余波舔着河边的岩石，冲到沙滩上，随即又退下来，而马上又涌上去，又退下来，大声呼吼着向前奔去。

黄河水永远地在怒吼着，咆哮着，奔腾澎湃的波涛以排山倒海的雄姿向下游滚去。河水的风是很大的，河边上时常弥漫着灰蒙蒙的风沙。

河边上是沃野千里，四周是一望无际的草原，一群一队的牛羊蹒跚在草丛里，马群的嘶啸声在春风里颤抖着。

飞马队的英雄们是黄河所抚爱大了的，黄河是他们的保姆，黄河以它的愤怒和洪暴的呐喊养育了他们，而今他们又投向了它的怀抱，重温着那排山倒海的咆哮。它的声音像战鼓一样激励了他们。

飞马队的英雄们住在河边的茅屋内，将他们的战马牧放在那郁郁苍苍的草原上；而他们在茅屋里唱着，叫着，摸着马褂，茅屋前边的沙地上支着锅，锅里煮着满锅肥嫩的开河鱼。

夜来了。银色的浓雾罩在河边上。河水疯狂地吼着，叫着，泥水滚滚的波涛在光下闪烁着，旋转着。

月色是朦胧的，泛着乳白色的光亮。草原上是寂静的，撕走一片雾色的迷茫。河边的茅屋内闪着点点灯光，茅屋前烧着一堆堆的野火，一缕缕的浓烟袅袅上升。

春天的夜里，潮湿的、阴冷的草原上弥漫着沙蒿和野蓬的苦涩的气息，一声声使人心悸的野兽的吠声在草原上飘荡着，几只母狼在向着那滔滔的河流凶猛地嚎叫着。

又如在《野性的黄河》一文中，作者借一个一生在黄河上摆渡的老船夫之口对“单调而苍凉”“悲哀而绝望”“暴乱而疯狂”的黄河进行了刻画：

黄河像一条泥龙似的在滚滚地奔腾着，波浪排山倒海般地，一个挨着一个，像恶魔似的，彼此互相撞击。

当人们面对黄河时，会被这原始、野性的力量骇住，感到自身的渺小。而这野性的黄河，又是“最无情”“猜不透”的，“像一匹没有笼头的马一样”。世代与黄河生活在一起的老人，俨然已将黄河视为有灵性、有生命的“活物”。饱经沧桑的老船夫将黄河视为母亲，可是当船夫的祖父、父亲被黄河吞没时，船夫又将黄河视为不共戴天的仇人。与老船夫呆板、重复的生活不同，老船夫的儿子，为挽救和父亲一样穷苦的人，选择去当兵，老船夫亲自送儿子过河。每当他想起儿子和后代人，将不再过这种悲惨阴暗的生活，对黄河的仇恨也渐渐“和解”。姚青苗对黄河这一意象的诗意刻画与诗性写作，具有“母性崇拜”的蕴藉，抒发了作者对未来美好生活的期待，并具有寓言化的理性意味。

河流是人类文明与文化的源头，自然也是文学的起源。在世界著名河流中，除了尼罗河、亚马孙河、伏尔加河等河流，几乎没有其他河流像黄河这样与国家、民族意识高度统一。而且，黄河本身就是一首诗，它的每一个节点，都是一个隐喻，具有象征意义，深深烙上民族和国家印记。中国现代黄河文学产生于抗战时期，黄河岸边、太行山上都成为抵御外族入侵的广阔战场，也是产生黄河文学的土地。民族战争促进了民族文学，黄河文学状写黄河地理景观，雕塑民族形象。抗战时期，黄河文学无论是西北民族社会生活图景、流民图，还是英雄史诗、民族精神壮歌都呈现出强有力的民族认同建构，表达出中华民族渴望在战争中重塑一个新中国、再造一种新文明，勾画出战时中国更为广阔的民族生活图景，指明中国未来前景，高扬民族精神与旗帜，即使显现黄河肆虐、泛滥而成的洪水也是黄河生命的一部分，而且可能是其生命中最有张力的内容。

黄河文学来自黄河自然地理因素的滋养，九曲黄河与百折不挠的民族精神相互唱和。黄河流域是中华民族重要的发祥地，黄河文学必然是在传承传统文明基础之上，表现深沉的中华民族集体历史记忆和呈现强烈的现代意识。黄河文学是国家文学、民族文学，其核心特质在于凝聚民族精神，雕塑国家形象，涵养民族心性。作家们在政治、社会、历史的描摹之外，通过黄河流域中国人的生活和精神状态书写，展现民族精神和中华民族百折不挠、奋发前进的民族个性。黄河文学充满民族国家的政治关怀与想象，与中国共产党的关系极为密切，因为依靠黄河天险，不仅有了可纵横的广阔地理空间，而且在与太行山相依相存中有了更远大的发展前景，黄河文学也因此充满红色文化基因。

而关于河水意象的诗性寓言化写作，不仅表现在对黄河的描写上，还体现在如柳河、汾河等其他河水的描述上。如《柳河上》中，在描述柳河时，姚青苗写道，这“无声无息”的柳河像“保姆一样养育了他们”，而当它的儿女受到欺凌，“被拗断生命线”，日军提出封锁柳河、交渔女等无法忍受的要求时，柳河水替它的儿女鸣不平，“嗬嗬地呜咽着”。这种如母亲般温暖的柳河孕育了如艾老爹、艾妈妈这样隐忍、宽厚的老一辈，也同时孕育了今生、水仙子这些反抗的青年一代。“俺柳庄的汉子不是柳河的鱼虾，俺柳庄的汉子是顶天立地的汉子”，柳河上的百姓终于奋起抵抗。

又如《通讯员》一文就汾河形象所做的诗性塑造。生活在汾河边的石头，不高兴被新民会（汉奸组织）选为模范青年，要将这腔热血卖给识货的，甘心冒风险给“自家军队”送公文。当石头“胸中三弹”“两肺被弹丸穿破”而死时，作者赋予汾河寓言化的意义，“汾河——他的保姆”，为他奏起忧伤而粗壮的哀歌。

除群山与河流，这两个构成本土核心生存环境的意象之外，姚青苗在作品中还常写到黑夜的意象。黑夜意象可以视为与大地相对应的“天”的意象的特殊形态。在中国传统文学写作中，“天”由于距离人世高远，常被置于神圣化状态。而黑夜作为“天”这一意象的特殊化，在姚青苗作品中，不仅是一种时间存在或自然现象，而且是凝结、体现作品风格的载体，塑造了作品凝重的格调与氛围。动荡的战时环境打乱了人们日间的生活节奏，但在“黑夜”这段时间，战时与往常岁月并无不同，在一定程度上可以说，战争赋予了“黑夜”这一意象更多的张力。

黑夜在姚青苗作品中首先是被视为一种时间存在进行书写的。如写于1939年7月的《黄河的激流》一文中，主人公贵生及葫芦不愿给日伪挖战壕，想要投奔护卫队的行动，正是在一个夜晚展开的。夜晚的田野：空气清爽，充满泥土与花草气息，麦田似乎对着夜神私语，“人们像猪猡似的被赶进田野里去了”，白天里各种喧嘈、叫嚣、锄头和铁锹啃土的声音，土车的辘辘声和鞭挞下的骂声和哭叫声，全都息止了。因日间纷繁的战火与浮躁，只有在黑夜中，人们才能够闲下心来去思考“生命”“生存”的意义与价值：

田野里是泥泞的，充满了潮湿的泥土气息，但空气却是极清爽的。一阵阵的疾风吹过，田里便充满了浓郁的油菜花香，万顷的麦田像海波一样地随着疾风簌簌地嘘啸，对着那茫茫的夜神和闪着眼睛的星子喁喁私语。

所有白天里的喧嘈、叫嚣、锄头和铁锹啃土的声音，土车的辘辘声以及那鞭挞下的骂声和哭叫声，现在全都息止了，人们像猪猡似的被赶进田野里去了。

在《马泊头》一文中，作者写道：“夜来了。白天里的嘈杂、骚乱，现在全都静止了，整个马泊头沉寂得像一座坟墓一样。”只有在夜晚里，作者才有机会静下心，对日复一日、司空见惯的日常生活场景进行思考。在战时农村，稍年轻的妇女们都藏躲着，不敢露面，只有一些老婆子敢在饭后，坐在祠堂前的石阶上，或者抱着孩子，或者缠着线缕。作者对于这种在农村早已司空见惯的场景心生感慨，“她们悄悄地来到这世界里，终生蒙蔽在愚昧和灰暗的生活里，养育了一批儿女，磨光了几根手杖和纺线拐，于是又悄悄地消逝了”。

刊载于1947年《骆驼文丛》新1卷第4期的《星花》一文中，作者描写了三个文学研究会青年成员的战时故事。当惠的男友苏豪奔赴冀北前线并牺牲后，病重的惠又变得比以前“胆小”和“神经质”了，甚至请女巫为她作招魂祭。病重的惠对友人敏表达了她对于黑暗的恐惧，黑夜是比死亡更令她恐怖的，“死的恐怖压迫着我，但是比死更使我恐怖的，是罩在这世界上的黑影”。她感到世界是“辽阔”又“狭小”的，生活成了“空虚的幻影”。但是，羸弱又不惧怕死亡的惠，只是担心自己心上带着毒箭死去。虽然黑暗依然弥散不去，但每当想起老友，“我”便开朗起来，他们“像几颗灿烂的星光似的划破了夜的黑暗”。而这样的“星光”也体现了作者赋予革命青年“爱情里有牺牲精神才是高贵的”的这一创作理念。

姚青苗笔下黑夜的意象，不只是单纯地用“黑”去呈现世界的阴暗，亦不仅是用“黑”去象征生存困境。作者笔下的黑夜，及黑夜中人们的思绪活动，正是当日间那种重复、机械、如牛马般的生活退去后，农民以及作者本人，只有在宁静的夜晚中，才有机会回归心灵深处，去触摸、思考这呆滞、乏味、无力的生活。虽然这些想法仍然停留在感性层面，却已使人感到希望的萌芽。作者在黑夜这一意象中，集中表现了对于苦难、宿命、荒诞这些生存困境渊源的思考，从这些描写黑夜的作品中，也看到了苦难大众在黑夜中如“星花”般的反抗。

在对于黑夜意象的使用中，自然避免不了对月亮这一意象的关注。综观姚青苗作品，可以发现，月亮作为一个传统的民间神话信仰，如母亲般关怀着这块土地和这块土地上的人。月亮和河水意象，也都如“母亲崇拜”“女性崇拜”一般出现在姚青苗作品中。这也印证了钱理群对 40 年代文学作品研究时得出的结论：“40 年代的作家，却在努力发掘‘母性’，这本身即反映了对传统的‘归依’。”[①]

在月亮意象的使用上，显示了作者敏锐的直觉与诗意的笔法，展现了其诗性写作的能力。在《黄河的激流》中，贵生和葫芦被敌人拉去挖战壕。在战时的夜晚，对着月亮，想起宁静农耕生活的贵生回忆道：“我每年夏天在瓜田里看瓜的时候，

①钱理群：《精神的炼狱》，南宁：广西教育出版社，1996 年，第 144 页。

就爱这红脸的月亮。”而战争语境下的月亮，在想要反抗“报信”的葫芦眼中，则呈现出“背着弓呢，背弓是动干戈，动刀兵呢……”的景象。在一个“红得像血染”的圆月夜间，贵生想起被敌人玷污后，留下孩子，插水缸自尽的嫂子。而葫芦决定去“报信”，投奔护卫队，也促使贵生萌生了反抗意识。他却顾虑重重，悔恨自己没有勇气行动，依然惋惜他即将成熟却没人收割的庄稼。在葫芦被汉奸抓住杀害后，葫芦老爹做了一个“幸福的梦”，梦到葫芦领大队人马来救他们，曾反对儿子投靠自卫队的父亲变得兴奋起来。只是沉浸在梦中，没有行动的葫芦老爹，边擦眼泪，边回忆梦中情境。悔恨自己的醒来，恨不得马上重新再钻回梦中去。“然而无论他怎样的努力，终是睡不着。”此时，曾经“红得像血染”的月亮又变作了“皎月”，慈悲地关怀着这方土地上的人们，给予他们勇气与力量。在时间仿佛定格的山区农村，在悲惨又漫长的战时岁月，作者笔下的月亮意象，作为生命力的神圣存在，时而悲悯、时而激励着他的子民。正如山西大学崔洪勋学者的评价：“姚青苗作品把个人情感和浪漫情景揉在一起进行描绘，这在当时文艺作品中还是罕见的。”[①]

在写于 1939 年 4 月的《从延安到吉县》中，作者描绘了在战火燃烧的山西原野上，大众在面对巨大灾难时感慨一年不如一年：

①崔洪勋：《姚青苗文学散记》，《跨越沧桑的美丽：作家剪影》，太原：山西人民出版社，2003 年。

山中是死一样的静谧，只有啄木鸟的卜卜卜的啄木声在什么地方响着。野鸡成群地在山坡上飞来飞去，彩色的羽毛在阳光下闪着耀眼的光亮。

风在谷里呼啸着，听起来，简直是隐隐的江涛一般的声音。

出去在院子里解手的时候，看见这荒山里皎洁的寒月，听着那公鸡咯咯咯啼叫的时候，我不禁想起古人的诗句来。

我把我的头藏在大衣领里，呆呆地望着脚前那波涛滚滚的水流，心里不禁想起李太白“黄河之水天上来……”的诗句来。

而在山区“皎洁”又“淡淡”的寒月照耀下，农民生活依然如故：牧羊人赶着羊群，在暮色中回来。而在这淡淡的月色中，作者听到寨子里婴儿的啼哭声。对于饱受苦难，却又隐忍、不加反抗的农民而言，这声打破宁静的婴儿啼哭声，正是作者对于战争和农村未来的希望。而永恒的月亮也作为时间流逝与世间苦难的见证者，关怀着战争及战争中的人们。晚上望着这荒山里皎洁的寒月，听着那公鸡咯咯咯的啼叫声，使人不禁想起古人“鸡鸣茅店月”的诗句来。于是，在望月中实现了与古人生命体验相通的生存观。

同样地，古代性身体学视域里的“土地”，也只有接受了太阳光的洗礼，从死亡中苏醒和复活过来，变成了“国土”之后，才能成为诗人献祭的对象。而这，显然也正是全面抗战时期爱国主义动员的总体话语：通过神圣的战争，把中华民族从奴役和压迫中解放出来，建设一个崭新的“现代中国”。在这个意义上，“泥土”和“国土”两种完全不同的存在，被误认为，或者不加区分地当作“土地”来阅读，就不仅仅是姚青苗个人诗歌艺术成熟的标志，更是中国现代新诗的现代性民族—国家想象最终得到完成的标志。“土地中国”反过来消除了“地图中国”生硬的现代性源头之后，晚清那令人惊异的“现代中国”整体形象，最终被书写成了眼前的日常生活，变成了我们今天思考和阅读的“白色前提”。

现代性的“国土”被普遍而广泛地“误读”为亘古以来就一直在那里的“土地”之后，“土地中国”也就反过来覆盖在“地图中国”上，遮蔽了自身的起源和发端，利用“土地的”自然属性抹去“古代中国”和“现代中国”之间的结构性裂隙，将后者转换为和“土地”一样古老、一样自然，即“自古以来”就没有，也不会发生任何历史变化的实体性存在。一般的研究者，往往也就追随着中国现代新诗，和整个现代中国文学的历史步伐，认为抗战时期的新文学偏离了现代性轨辙，重新回到了“土地”和“农民”身上，遗忘了“土地”和“国土”、“农民”和“国民”之间的结构性差异。

所以很自然地，“地图中国”在打破空间限制，让诗人“看见”了事实上不可能“亲眼看见”的“现代中国”清晰而具体的整体形象的同时，也打破了时间限制，把中国历史变成了闻一多心中的“五千年的记忆”，变成了可以根据理想的“新中国”模型来重新整理和组织的抽象符号。

在此基础上，诗人才得以回过头来，“遗忘”了令人不愉快的杀戮、暴君、投降等历史存在，精心挑选“优美的风俗”，创造出了“中国人”，也就是“五千年的历史”铸造而成的中华民族光辉灿烂的伟大形象。闻一多其实非常清楚，这里的“中国人”，既不是眼前的“实体”，也不是历史中的真实存在，而是“将来五千年的历史”大舞台上的主角，是未来的理想“中国人”。但这个根据“地图中国”给定的眼界和想象方式建构出来的理想“中国人”，却清晰地指示了“现实中国”和“理想中国”之间的鸿沟之所在，成为现代爱国主义情感的生产性机制，成为中国新诗想象和建构“现代中国”的动力源泉。

当“地图中国”逐步实体化，变成了可以从个人身体的角度摸索或轻抚的对象之后，对“现代中国”的热爱，因此不再仅是对令人震惊的科学的“地图中国”被动地接受和承认，也不仅仅是对未来时态的抽象符号系统的信任，而是变成了对个人能够“亲眼看见”，甚至亲手“抚摸”之物的热情追逐。借助于地球之外的宇宙学视角才能“看见”的“地图中国”，在“诗艺术”的作用下，开始融入个人身体感觉。“再身体化”的第二个方面，是把“地图中国”上那些不能“亲眼看到”的空洞符号转喻化，将其与地方性的物产、风景联系起来并展开书写，进而大量运用借代修辞，用与个人切身经验密切相关的物产、风景等取代前者，将空洞的能指符号，转化成具体、鲜明的诗歌意象。一方面，它栖身于地理学知识，随着新式教育的推广和普及而成为新诗人“日常经验”的整体历史进程；另一方面，又关联着国民政府在沦陷后展开的爱国教育和宣传活动。萧红提到的《东北富源图》，无意中透露了这种将农业物产与“地图中国”联系在一起的做法及其历史效果：马、羊、骆驼、鱼类、森林等具体的、与个人日常生活经验密切相关的意象，密密麻麻地挤满了地图，将后者从空洞、抽象的透视图像变成了有生命的大地。

抗战改变了山西中条山的自然景观以及观看自然的方式，以“风景”为视点，讨论其中交错的复数风景与政治隐喻：风景之一正是自然野性的生命力与被规划的政治领土。姚青苗整个现代性精神历程，实际上也是在外部眼光的引导下，从逃离故乡开始的。他之所以回到土地，回到乡村，并不是因为放弃了最初的立场，而是因为土地和故乡在历史中改变了它们的面目，变得和都市一样繁华，一样美丽，一样以自己的智力为人类创造幸福的结果。借用列奥·施特劳斯的话来说，就是：只有在“实在”改变了它的本来面目，变得与“应在”的理想标准相一致之后，背叛和冲突才会停止，我们的作者才会回到他出生的地方。

第二节　诗性写作的心理旨归

残酷持久的抗日战争在使作家受难的同时，也净化着作家的创作理念和创作思想，扩大了作家的创作视野。对战争中复杂人性的书写，给文学创作注入更加深刻、更为宏大的哲学意义。他们在创作中思考着本土民众和民族的前途和出路，使五四所开创的新文学传统在抗战中得到继承和创新。这种思考需要一定的媒介来激发与传递，这种媒介在姚青苗作品中表现为作者对本土自然景物的关注与书写。

而作家群体中，大多数作家出身较为优渥，并未真实从事农业劳动，因此在进行农村题材的创作中，最终发现自己与“那个世界”真实的隔阂与障碍。正如艾青在1944年4月26日写的《献给乡村的诗》序中所指出的：“新的农村，新的农民正在中国生长。”而艾青在写作该诗集时，“用的是旧的感情”，但是，“出身的阶级，给我很大的负累，使我至今还不可能用一个纯粹的农民的眼光看中国的农村”。[①]

姚青苗有着与大部分作家相似的生活经历，但是，对于自身成长的这片土地，以及在这片土地上生活的百姓，姚青苗有着别于外来作家的思想感情。他真正熟悉这块土地，创作经验的获取并非短暂、隔阂的体验式。但是，姚青苗在国统区与解放区之间交织的文学创作活动，在一定程度上加深了他身上的局外感。正是这种局外感带来的局外的审视视角，形成了作者特有的叙事视角与态度，将自己的直觉、知性与适当的想象相结合，用自己真实可感的生命体验去还原战时本土的自然景观，用作家独特、敏锐的感觉去留存本土最原初的面貌，而这也彰显出战时知识分子与农民和农民文化之间关系的微妙变化。

创作伊始的姚青苗，对本土生活融入了浓郁的感情和自身的体验，进而从中升华出自然之景在本土文化中的价值与意义。

姚青苗基于对本土自然景物的关注，从本土这种自足、麻木的生存体验中，进行诗意提升，将作品上升到更为深刻、宏大的思考。这种创作个性与觉悟，也确立了其创作价值所在，

①艾青：《献给乡村的诗》，《中国现代文学诗歌版本闻见录》，张泽贤著，上海：上海远东出版社，2008年，第525页。

使其作品没有停留在表层，而是朝更深刻的哲学层面上升，对于本土“风景之发现”有着多重含义。

日本学者柄谷行人在《风景的发现》一文中，对自然风景的写作就曾指出，山水画中的“场”是作为“先验的形而上学的模式”存在着的，这种“先验的山水画式的场”正是“中国哲人彻悟的理想境界”。[①]姚青苗在抗战时对于自然景物的发现与描写，正是在这种“彻悟”“无我无他”的心境下，通过“对外界疏远”并具有“内心化”的自我意识，以这样一种内在观察视角才得以发现的。

正如作家木心在散文集《哥伦比亚的倒影》首篇《九月初九》中的注释中所写的中国的“人”和中国的“自然”，纠结着渗透着，“乐其乐亦宣泄于自然，忧其忧亦投诉于自然”，不相干地相干着。“中国的山山水水花花草草之所以令人心醉神驰，说过了再重复一遍也不致聒耳，那是真的在于自然的钟灵毓秀。”“体大如崇岳、莽原、广川、密林、大江、巨泊，正因为在漫漫历史中与人曲折离奇地同褒贬共荣辱，故而瑞征、凶兆、祥云、戾气、兴绪、衰象，无不似隐实显，普遍感知。”其实，宇宙是不与人对话的，因此有情落在无情中，只是“那里的‘自然’清明而殷勤，亘古如斯地眷顾着那里的‘人’”。大动乱的年代，颓壁断垣间桃花依然盛开，可见当时的纷争都是荒诞的，而自然繁生的主见是对的，“稍多一点智能的人，

①[日]柄谷行人：《日本现代文学的起源》，赵京华译，北京：中央编译出版社，2013年，第9页。

随时随地从此种一闪一烁重重叠叠的意象中，看到古老国族的辉煌而褴褛的整体，而且头尾分明”[①]。

而姚青苗对这些自然景物的描写，在其作品中不仅起点缀作用，更使作品具有返璞归真的原始内在的张力，构成小说整体有机的组成部分，从中也透视出作者本人的文化观念、个性气质、审美体验，更有其对社会的认识与体验，并试图对这些认识做出进一步、更加真实的定位。这种诗性特征也赋予作品更为开阔、深邃的阅读体验与想象空间。这种内在的张力，丰富了文本的内涵，表征出知识分子的精神焦虑。而这种精神焦虑，正是作家在动荡战时环境中对于作家创作使命承担的体现。

这种“东方民族性的颓废荒凉的美”体现出东方民族的自给自足性，这里也显示出一种风景与权力的更内在的相关性。从本体论的意义上说，风景问题还涉及人们如何观照自然、山水的问题，以及这些观照的风景如何反作用于人类自身的情感、审美、心灵甚至主体结构，最终则涉及人类如何认知和感受自己的生活世界问题。

作者对本土自然景物饱含了浓郁的感情，并从中进行诗性的提升。姚青苗从这些司空见惯的景物中，提炼出其在本土文化中的价值与意义，进而提升了作品思想的深度。而姚青苗这种写作手法，也于无形中给读者提供了从容思考社会、历史及意识形态的语境，正是这种从容的创作与阅读体验，使其作品具有深远的文学意义。

①[日]柄谷行人：《日本现代文学的起源》，赵京华译，北京：中央编译出版社，2013年，第9页。

当下山西文学匮乏的，正是那种对包括地域文化在内的传统文化的创造性继承。我们的不少作家，还没有自觉地从周围环境和脚下的厚土中，获得新的资源和动力，拥有表现它和批判它的思想、艺术能力，但从文化的角度看，我以为就在于他们在封闭的地域环境和板结的地域文化中沉浸太深，未能像“晋军”作家那样跳出本土，用新的思想文化视野去观照社会人生，完成自我的突破和超越。这是令人遗憾的。当前，中国的思想文化是现代的、后现代的、意识形态的、民族的、民间的、地域的等多种文化兼容并蓄，而民族的、地域的思想文化又渐处主流。这样，山西的地域文化就再一次受到关注和重视，再一次得到发掘和整合。

结 语

抗日战争期间，文学被要求紧密关注中国社会和民众，将文学纳入政治框架，充分展现现实意义。老舍曾指出，抗战文艺“必须承担起教育的职责，使人民和士兵了解、感动，并愿意为国家和民族尽忠尽孝。当社会需要轻松和低级的闲聊与趣味时，文艺工作者迎合这种需求是卑微的；而当社会需要知识和激励时，文艺避免功利性则是失职”。

许多作家将希望寄托于延安，他们的文学创作不自觉地被赋予了“工具化”和“口号化”的特征。与此同时，像姚青苗这样的左翼知识分子型作家，不得不选择一条更为中立和客观的创作道路。他们转向对战争中“人性”“生存”“生命”等核心价值的深入探索和追问，在创作中重新构建了民族文化的思想体系。

中国作家以呕心沥血的创作和将生死置之度外的战地行动，展现了伟大的民族精神。他们用丰富多彩的笔触为抗日战场留下了真实而生动的文学画卷，用雄浑的旋律为中华民族谱写了一部深沉悲壮的心灵史诗。他们的作品无愧于源远流长的中国文学爱国主义传统，并在 20 世纪世界反法西斯战争文学中占据了一席之地。

姚青苗的作品真实地描绘了战争困境下大众对精神寄托的追求。作者自身对这种追求的探索，也经历了从外来思想信仰到本土自然景观的诗性表达的转变。青苗对本土农民形象的全面刻画，揭示了他们在战争中所展现出的“永恒”的农民品质。尽管由于各种主客观因素，这些思考尚未凝结成完整的思想成果，但它们对于把握20世纪中国文学及思想史的全貌具有重要意义。

在抗战期间，青苗以民族抗战为创作动力，在国家危难之际保持冷静思考，顺应历史的变迁，同时坚守作家的本色和人生原则，以自己的方式支持抗战。作为一名文学工作者和知识分子，他贴近普通民众的生活，感受他们的心声，在物资匮乏的年代依然保持精神高昂，为全民族的稳定和团结作出了巨大努力。

青苗的作品向读者展示了山西抗战时期社会的独特而复杂的文化形态，增强了抗战作品的现实意义和历史深度。在写作中，他并未刻意夸大民众的爱国主义精神，而是结合具体的生活情境，真实地展现了他们参与抗日的心理动机和行为触发因素，包括宗法制度下的愚昧落后与现代文明的缓慢发展并存。作为一个受到新文化、新思想影响的青年，青苗以觉醒的现代知识分子的视角审视这一文化形态，并将其作为自己的创作主题，从文化剖析和文化批判的角度，真实而深刻地反映出来，更多地体现了作家对故乡人民艰苦生活的同情和深切关怀。

对类似于姚青苗这样的抗战文学非知名作家和作品的发现与研究，有助于形成文学史客观、完整的文化思想总和，并能在现有的文学史视野之外，展现抗战历史时期文学创作的丰富性和多样性。

但目前，类似姚青苗这一类抗战文学非知名作家的研究仍有不小的难度，主要体现在以下几个方面：第一，史料搜集与整理有难度。由于战争环境的影响，许多非知名作家的作品可能未能得到及时保存或传播，导致史料散佚或缺失。这使得研究者难以获取完整、系统的史料，增加了研究的难度。在有限的史料中，还需要进行甄别与鉴定，以确保史料的真实性和可靠性。非知名作家的作品可能缺乏权威出版机构的认证，因此需要通过多种途径进行验证，这显然增加了研究的复杂性和工作量。第二，作家身份与背景调查有难度。非知名作家的身份往往难以确认，他们可能使用的是笔名或化名，甚至可能没有留下详细的个人信息。这使得研究者难以追踪和了解作家的真实身份和背景。即使能够确认作家的身份，但往往缺乏详细的背景资料，如生平、教育经历、创作环境等。这些背景资料对于理解作家的创作思想和作品风格至关重要，但往往难以获取。第三，作品解读与分析有难度。非知名作家的作品风格多样，可能受到多种文学流派和思潮的影响。这使得研究者需要具备广泛的文学知识和敏锐的鉴赏能力，才能准确解读和分析作品。抗战文学往往涉及复杂的主题和情感，如民族危机、人性挣扎、家国情怀等。非知名作家的作品可能更加贴近普通人的生活和情感，但也可能因为缺乏明确的主题和线索而难以解读。第四，研究视野与方法有局限。由于非知名作家的知名度和影响力有限，他们的作品往往被忽视或边缘化。这使得研究者在研究过程中可能受到视野的局限，难以从更广阔的历史和文化背景中审视和理解作品。目前，对于抗战文学非知名作家的研究往往采用传统的文献研究法，缺乏跨学科的研究方法和视角。这就限制了研究的深度和广度，使得研究者难以深入挖掘作品的内在价值和意义。

抗战文学非知名作家研究的难度主要体现在史料搜集与整理、作家身份与背景调查、作品解读与分析以及研究视野与方法局限等方面。为了克服这些困难，研究者需要采用多种途径和方法进行史料搜集和整理，加强跨学科合作与交流，不断拓宽研究视野和方法。同时，也需要加强对非知名作家的关注和宣传，提高他们在文学史上的地位和影响力。

抗战文学非知名作家史料发掘的研究意义深远，不仅有助于我们更全面地了解抗战时期的文学风貌，还能为抗战史、文学史以及社会文化史的研究提供新的视角和资料。第一，丰富抗战文学史料。非知名作家的作品往往因为各种原因（如发表渠道有限、作品散佚等）而未能得到广泛传播和深入研究。通过发掘这些史料，可以填补抗战文学研究领域的一些空白，使我们对抗战时期的文学创作有更全面的认识。抗战文学并非只有知名作家的作品才具有价值，非知名作家的作品同样能够反映出抗战时期的社会生活、人民情感以及战争对文学的影响。这些作品可能更加贴近普通民众的生活，展现出抗战文学的多元面貌。第二，推动抗战史研究。非知名作家的作品往往能够从一个独特的视角反映抗战时期的历史事件和社会变迁。这些作品可能更加关注普通人的生活和情感，为抗战史研究提供新的视角和资料。通过发掘非知名作家的史料，可以更加深入地了解抗战时期的社会环境、人民心理以及战争对社会的深远影响。这有助于我们深化对抗战历史的认识和理解。第三，促进文学史研究。非知名作家的作品往往具有独特的艺术风格和思想内涵。通过发掘这些史料，我们可以开阔文学研究的视野，发现更多具有价值的文学作品和文学现象。对抗战时期非知名作家作品的研究，有助于我们重新审视和评估抗战文学的价值和意义。这可以推动文学理论的发展和创新，为文学史研究注入新的活力。第四，增进社会文化认识。非知名作家的作品往往能够反映出抗战时期社会的变迁和人民的情感变化。这些作品可以为我们提供了解当时社会文化的重要线索和依据。抗战文学是中华民族精神的重要载体。通过发掘非知名作家的史料，可以更好地传承和弘扬民族精神，激发人们的爱国热情和民族自豪感。

抗战文学非知名作家史料发掘的研究意义在于丰富抗战文学史料、推动抗战史研究、促进文学史研究以及增进社会文化认识。这些研究将有助于我们更全面地了解抗战时期的历史和文化背景，为今后的学术研究和社会实践提供有益的借鉴和启示。

今后还应积极探索区域间抗战文学非知名作家“底层叙事”研究：一是，继续深入本书的研究内容，并将研究范围从姚青苗抗战文学拓展到抗战时期活动在国共辖区的部分“非知名”作家及其作品，对相关作家及其作品进行史料发掘与历史性还原，并以风景叙事和伦理为切入点，从独行者的流亡视野出发，分析作品中关于地理现代性与现代民族国家观念在战时的融合。同时借此研究机会，打开研究格局，充分挖掘在当时历史时期形成一定影响力，却又被文学史遗忘的“非知名”作家、文本与史料，突破以主流为中心的研究模式，为全面呈现中国文学发展的复杂样态贡献绵薄之力。二是，从文学发生原生态视野和中国历史本身出发，跨学科整合文学、人类学、社会学等学科，挖掘在抗战时期此类作家、作品，如何在现代民族国家与暴力战争的背景下，从个人体验与地域经验出发，思考民族的前途和出路。从“底层叙事”探究中国现代启蒙与启蒙面临的异化，并借此思考乡间世界道德自足性与每个迷途个体的走向；探讨如何在抗战时期使“五四文学”开创的新文学传统在内容和形式上都得到继承和创新，探究地域文化如何实现抗战文学的民族性与世界性的整合。三是，探究抗战时期非知名作家“底层叙事”对当代“底层叙事”的启示，以此来重新审视文学最初也是最重要的功能——文化整合与文学治疗等功能。战地文艺作为适应历史而产生的特殊“亚文学传统”，与依托都市的文学题材有所不同。战时复杂多变的状况为作家提供了丰富的创作素材，这些作家和作品为回到历史现场提供了宝贵的资料，应引起学术界的足够重视，并将其重新纳入学术视野。

参考文献

著作图书文献

[1]崔鸿勋.姚青苗五十年文论[M].太原：北岳文艺出版社，2001 年.

[2]段从学.“文协”与抗战时期文艺运动[M].北京：北京大学出版社，2012 年.

[3]钱理群.精神的炼狱[M].南宁：广西教育出版社，1996 年.

[4]李洁非，杨劼.解读延安[M].北京：当代中国出版社，2010 年.

[5]废名.莫须有先生坐飞机以后，《废名集》第 2 卷[M].王风编，北京：北京大学出版社，2009 年.

[6]崔洪勋，王世杰，苏春生.廿世纪山西文学史[M].北京：中国文联出版公司，1997 年.

[7]屈毓秀.山西抗战文学史[M].太原：北岳文艺出版社，1988 年.

[8]张中良.抗战文学与正面战场[M].北京：社会科学文献出版社，2014 年.

[9]张中良.抗战文化研究[M].桂林：广西师范大学出版社，2014 年.

[10]王金鋙. 抗战时期的中国知识分子[M]. 北京：中国社会出版社，1996 年.

[11]文天行. 国统区抗战文艺运动大事记[M]. 成都：四川省社会科学院出版社，1985 年.

[12]钱理群，温儒敏等. 中国现代文学三十年[M]. 北京：北京大学出版社，1998 年.

[13]苏春生. 走向民间与回归传统[M]. 太原：北岳文艺出版社，2012 年.

[14]苏春生. 中国解放区文学思潮流派论[M]. 北京：中国社会科学出版社，2000 年.

[15]房福贤. 中国抗日战争小说史论[M]. 济南：黄河出版社，1999 年.

[16]靳明全. 抗战文学与中日比较文学论稿[M]. 北京：中国社会科学出版社，2013 年.

[17]蓝棣之. 现代文学经典：症候式分析[M]. 北京：人民文学出版社，2010 年.

[18]严家炎编. 二十世纪中国文学史[M]. 北京：高等教育出版社，2010 年.

[19]丁帆. 中国乡土小说史[M]. 北京：北京大学出版社，2007 年.

[20]徐剑艺. 中国人的乡土情结[M]. 上海：上海文化出版社，1993 年.

[21]赵园. 地之子——乡村小说与农民文化[M]. 北京：北京十月文艺出版社，1993 年.

[22]赵园.艰难的选择[M].上海：上海文艺出版社，1986年.

[23]费孝通.乡土中国[M].北京：人民出版社，2008年.

[24]靳明全.大后方抗战文学的农村书写[M].四川：四川出版集团，2012年.

[25]翟永明.生命的表达与存在的追问：李锐小说论[M].北京：商务印书馆，2013年.

[26]钱理群.压在心上的坟[M].成都：四川人民出版社，1997年.

[27]裴毅然.二十世纪中国文学人性史论[M].上海：上海书店出版社，2000年.

翻译图书文献

[28][捷克]米兰·昆德拉.小说的艺术[M].董强译，上海：上海译文出版社，2004年.

[29][美]哈罗德·布鲁姆.影响的焦虑[M].徐文博译，南京：江苏教育出版社，2006年.

[30][德]黑格尔.美学（第1卷）[M].朱光潜译，北京：商务印书馆，1979年.

[31][美]贝西尔.美国医生看旧重庆[M].钱士等译，重庆：重庆出版社，1989年.

[32][美]保罗·康纳顿.社会如何记忆[M].纳日碧力戈译，上海：上海人民出版社，2000年.

[33][美]弗雷德里克·詹姆逊.政治无意识[M].王逢振，陈永国译，北京：中国社会科学出版社，1999年.

[34][西班牙]奥尔特加·加赛特.大众的反叛[M].刘训练，佟德志译，长春：吉林人民出版社，2004年.

报纸期刊文献

[35]毛泽东.在延安文艺座谈会上的讲话[N].解放日报，1943年10月19日.

[36]老舍.三年来的文艺运动[N].大公报，1940年7月7日.

[37]郭沫若、老舍等.抗战以来文艺的展望[N].自由中国第1卷，1938年第2期.

[38]郭沫若.抗战与文化[N].自由中国第3号，1938年6月20日.

[39]罗荪.抗战三年来的创作活动[N].中苏文化“抗战三周年纪念特刊”，1940年7月7日.

[40]胡风.论民族形式问题的实际意义[N].理论与现实第2卷，1941年第3期.

[41]胡风.关于创作发展的二三感想[N].创作月刊第2卷，1942年第1期.

[42]胡风.论战争期的一个战斗的文艺形式[N].七月1938年第5、6期.

[43]胡风.今天，我们的中心问题是什么？[N].七月1940年1月第5集第1期.

[44]胡风.置身在为民主的斗争里面[N].希望1945年1月第1卷第1期.

学术刊物文献

[45]段从学. 火与水：中国新文学中的两种生存情绪[J]. 现代中国文化与文学，2005 年 12 月.

[46]段从学. 走向古典理性的启蒙——《莫须有先生坐飞机以后》新解[J]，中国现代文学研究丛刊，2015 年 5 月.

[47]刘江. 基于“抗战”“文学”视点的“抗战文学”论析[J]. 中南大学学报，2012 年第 2 期.

[48]严家炎. 救亡与启蒙的二重奏——对抗战文学的一点认识[J]，河北学刊，2005 年 5 月.

[49]王巧凤. 山西抗战文学的特殊形态[J]. 晋阳学刊，1998 年第 1 期.

[50]崔洪勋. 山西抗战文学的历史地位和美学意义[J]. 三晋文化研究论丛，1995 年 6 月.

[51]耿传明，吕彦霖. 抗战语境下民族心灵的别样书写——论李广田的《引力》[J]. 天津师范大学学报，2014 年第 5 期.

[52]陈爱中. 钩沉与展望——抗日战争题材文学研究中若干问题[J]. 文艺评论，2005 年第 5 期.

[53]陈旭清. 近年来山西抗战研究评述[J]. 山西师大学报，2005 年 2 月.

姚青苗年谱初编

（1915—2004）

1915 年，一岁

1915 年 5 月 8 日，姚青苗生于地处山西西南部三角地带的临猗县陶唐村，古称桑泉。原名姚玉祥，字完璧，曾用名姚雨霞、姚钟，笔名白易、司马莹、王轲、桑泉等。其父是一位鸳鸯蝴蝶派作家，写过唱本，有《杨贵妃》《卓文君》等传记。

1927 年，十二岁

高小读书，主要学习古典文学。是年，父亲去世，半年后完婚，为其第一次婚姻。

1928 年，十三岁

高小毕业，姚青苗开始在运城明日中学读书。其间开始阅读创造社、太阳社作品，对其以后的文学创作产生了深远影响。

1931 年，十六岁

夏，考入太原三晋高中文科。时任校长为张厉生。

秋，九一八事变爆发，姚青苗和同学赵荣国（石宾）创办了《学生新闻》，开始练习写作。

1932 年，十七岁

春，山西成立“左联”，在太原中国共产党地下党员解宜之（林南）介绍下，姚青苗也成为召集人之一。会员有张仰华、乔春娴、房淑贞等。

中秋前后，由解宜之介绍，在临晋会馆召开山西社联成立大会。

1933 年，十八岁

春，第一个妻子去世。

秋，姚青苗在运城第二次结婚。后由太原去了北平。

1934 年，十九岁

冬，于运城被捕，先后被押解至运城宪兵司令部、安邑看守所，后在太原宪兵司令部被扣押两个多月，随后被送至山西高等法院。

1935 年，二十岁

春，姚青苗被以《危害民国紧急治罪法》判处两年半有期徒刑，送至山西反省院收管。姚青苗在狱中仍坚持写小说，发表在山西反省院刊物上。《往那儿去》（小说），连载于 1935 年《自新》第 3 卷第 2、3 期，署名姚玉祥（本篇为目前搜集到的姚青苗文献中第一篇作品，作者本人回忆为《涛》有误）。《新中国建设中的文学问题》（文论）载于 1935 年《自新》第 3 卷第 4、5 期，署名姚玉祥。

秋，被释放。住在临晋会馆，继续写作，发表于史记言在太原办的《党训》副刊等刊物。

除为报刊写稿外，参加由田景福主办的太原青年文学研究会，并开始和师陀、端木蕻良等通信。

1936年，二十一岁

春，躲避白色恐怖，逃回晋南，在运城明日中学担任语文教师。

1937年，二十二岁

春，姚青苗带十几篇作品到上海，计划当一名专业作家。小说《涛》发表在靳以主编的1937年《文丛》8月号上，署名王轲。

夏，母亲病危，回故乡。

秋，《开顶》发表在黎烈文主编的1937年《中流》第2卷第8期上，端木蕻良代署笔名“姚青苗”。

1938年，二十三岁

春，接到林间、叶之琳夫妇鸡毛信。日军发起中条山大扫荡后，三人从风陵渡渡过黄河至西安，在岐山一带参加46师政治部工作，随后去西安。

秋，至延安，考入鲁迅艺术学院文学系第二期，在鲁艺，名叫姚雨霞（姚玉祥谐音）。

在延安鲁迅艺术学院学习期间，开始在胡风主编的《七月》，陈纪滢主编的重庆《大公报》副刊《战线》，杨刚主编的香港和桂林版《大公报》副刊，以及章靳以主编的《国民公报》副刊等刊物上发表作品。

1939年，二十四岁

春末夏初，去二战区黄河出版社工作，此时黄河出版社由牺盟会主持。当时黄河出版社由赵荣国负责，赵荣国请马延陵和姚青苗为该出版社创办一个文艺刊物，定名为《黄河》。此外，编辑成员还有邢立斌、刘漠冰、冯牧、陈联葵等人。

4月，创作《从延安到吉县》，载于1940年《国讯旬刊》225期，署名姚青苗。

7月，创作《黄河的激流》，刊登在1940年《黄河》卷首，另载于1940年《东方杂志》第37卷第15期，署名姚青苗。

7月，在《七月》第4集第1期上发表速写《某城风景》，署名姚青苗。

8月，创作短篇小说《马泊头》，原载于1939年12月《七月》第22期，以及1940年《改进》第2卷第10期，署名姚青苗；现收于《山西文学大系·现代文学（中）》。

9月，创作短篇小说《猎》，初载于1939年11月10日《西线文艺》第1卷第4期；另载于1943年《现代妇女》第1卷第2期，署名姚青苗。

1940年，二十五岁

6月，创作速写《心谏》，载于1940年12月《七月》第6集第1、2期，署名姚青苗。

10月15日，创作散文《古城的喇叭》，载于1941年《国讯旬刊》第257、258期，署名姚青苗。

10月26日，创作小说《七星嫂》，载于1941年《妇女生活（上海1935）》第9卷第6期，署名姚青苗。

11 月 15 日，发表小说《血的微笑》于 1940 年《文学月报》第 2 卷第 4 期，署名不详。

冬，创作小说《柳河上》，载于 1941 年 3 月 25 日《现代文艺（永安）》第 2 卷第 6 期，署名姚青苗。

发表短篇小说《特鲁木旗的夜》于 1940 年《西线文艺》第 1 卷第 6 期；另载于 1944 年 7 月 10 日《青年文艺（桂林）》第 1 卷第 6 期，署名姚青苗。

发表时评《小林多喜二之死》于 1940 年《国讯旬刊》第 235 期，署名姚青苗。

发表小说《永恒的仇恨》于 1940 年《妇女生活》第 9 卷第 1 期，署名姚青苗。

发表报告《塞外的英雄》于 1940 年《战地》第 5 卷第 6、7 期，及《黄河》创刊号，署名姚青苗。

1941 年，二十六岁

3 月，创作小说《鬼蜮——罗夫先生的手记》，发表于 1941 年 4 月 25 日《现代文艺（永安）》第 3 卷第 1 期，署名姚青苗。

3—4 月，发表《流星（一）（二）（三）（四）（五）（六）》（《特鲁木旗的夜》续篇）于 1941 年 3 月 20 日、22 日、25 日、27 日、29 日，4 月 1 日，第 275 期、276 期、277 期、278 期、279 期、280 期《国民公报》副刊《文群》，署名姚青苗。

4 月，发表《绿林》（小说）于《七月》第 6 集第 3 期，署名姚青苗。

5 月，创作小说《母亲》，载于 1941 年 7 月 25 日《现代文艺（永安）》第 3 卷第 4 期，署名姚青苗。

5月，创作小说《山上》，发表在1941年《国讯旬刊》第278期，署名姚青苗。

7月23日，发表《当我死时》，刊在第451期《新蜀报》副刊《蜀道》，署名姚青苗。

8—9月，发表《幽灵·小说（二）（三）——献给中条山的同行者林间夫妇》于8月30日第334期、9月2日第335期《国民公报》副刊《文群》，署名姚青苗。

发表文论《十日谈：语箭篇》于1941年《国讯旬刊》第257、，258期，署名姚青苗，写作月份不详。

《忧郁的怀念》（时评），载于1941年桂林《大公报》副刊《文艺》第69期，及1943年《枫林文艺丛刊》第1辑，署名姚青苗。

1942年，二十七岁

至《山西国民日报》主编副刊《展望》，住秋林窑洞，兼宜川中学语文教师。后离开秋林，在附近张里村从事创作活动，其间完成了其在抗战期间的所有小说创作。

1月28日，发表小说《山峡中（下）》于第389期《国民公报》副刊《文群》，署名姚青苗。

2月7日—10日，发表《太峪口——中条山散记之一》，刊在第392期、393期《国民公报》副刊《文群》，署名姚青苗。

6月11日发表《招魂（上）》，载于第426期《国民公报》副刊《文群》，署名姚青苗。

6月11日、13日、27日，发表《招魂（上）（中）（下）》，刊登在第426期、427期、428期《国民公报》副刊《文群》，署名姚青苗。

7月1日，发表小说《吹鼓手》，刊在《战时文艺》第1卷第6期，署名姚青苗。

7月25日，发表《马桂花（下）》，刊在第436期《国民公报》副刊《文群》，署名姚青苗。

8月，创作小说《胆怯的医生》，载于1942年9月25日《现代文艺（永安）》第5卷第6期，署名姚青苗。

9月，创作中篇小说《中条山的杜鹃花》，载于1943年7月1日《文学杂志》创刊号，署名姚青苗；现收于《桂林文化城大全·文学卷·小说分卷第三册》。

10月10日，发表小说《通讯员——〈汾河下游〉的一章》，载于1942年《青年文艺（桂林）》创刊号，署名姚青苗。

10月15日，发表小说《猫儿盖》，载于1942年《文艺生活》第3卷第1期，署名不详。

10月22日，发表《茅屋与花》，刊于第466期《国民公报》副刊《文群》，署名姚青苗。

10月29日，发表《鹩鸟的啼声》，发表在第468期《国民公报》副刊《文群》，署名姚青苗。

11月1日，发表随笔杂感《汾河之忧郁——〈汾河下游〉中的一章》，载于1942年《宇宙风》第128期，署名姚青苗。

11月21日、24日，发表《古城素描（上）（下）》，刊登在第476期、第477期《国民公报》副刊《文群》，署名姚青苗。

11月28日，发表《候鸟》，刊登在1942年第479期《国民公报》副刊《文群》，署名姚青苗。

12月11日，发表《播种者（上）（下）》，载于第483期、12月12日第484期《国民公报》副刊《文群》，署名姚青苗。

冬，创作短篇小说《黎眉小姐》，载于1944年10月15日《时与潮文艺》第4卷第2期，署名姚青苗。

小说《风沙的葬礼》，刊在《创作月刊》第1卷第2期，署名姚青苗。

散文《收获时节》，载于《创作月刊》第1卷第6期，署名姚青苗。

小说《琉璃堡》，载于1942年《创作月刊》第2卷第1期，署名姚青苗。

《呼唤》发表在1942年第219期桂林《大公报》副刊《文艺》，署名姚青苗。

《悲歌》发表在1942年第221期桂林《大公报》副刊《文艺》，署名姚青苗。

《同蒲路某站》，发表于1942年《国讯旬刊（重庆版）》第302期，署名姚青苗。

1943年，二十八岁

1月，于苦笑洞创作小说《文艺：梅小鹤》，载于1943年《改进》第7卷第4期，署名姚青苗。

2月，创作《发的故事》（小说），载于1945年5月1日《高原》第3期，署名姚青苗。

2月1日，发表小说《风暴下》，载于1943年2月1日《战时文艺》第2卷第2期，署名姚青苗。

6月，发表《地之子》，载于1943年6月22日、24日《大公报·文艺》第276期、277期，署名不详。

7月，于苦笑洞创作《琉璃坝——〈汾河下游〉中的一章》（随笔杂感），载于1944年《枫林文艺丛刊》第6辑，署名姚青苗。

10月，发表《两队长》，刊登在1943年10月19日、22日《大公报·文艺》第295期、296期，署名不详。

11月5日，发表《苍头》（短篇小说），写作日期不详，载于1943年11月5日《文学杂志》第1卷第2期，署名姚青苗；现收于《桂林文化城大全·文学卷·小说分卷第三册》。

11月15日，发表《社戏》（短篇小说），写作日期不详，载于1943年《时与潮文艺》第2卷第3期，署名姚青苗。

发表散文《饮马河边》，载于1943年《现代妇女》第1卷第3期，署名姚青苗。

发表《散叶集小序》（自序），载于1943年《前锋副刊》第64期，署名姚青苗，收于《散叶集》。

《沙漠上的海鸥》发表在1943年第231期桂林《大公报》副刊《文艺》，署名姚青苗。

《两队长（上）（下）》，刊登于1943年第276期、277期桂林《大公报》副刊《文艺》，署名姚青苗。

《地之子（上）（下）》，刊在1943年第295期、296期桂林《大公报》副刊《文艺》，署名姚青苗。

1944年，二十九岁

1月1日，发表《阳春曲》（小说），刊登在《新文学》第1卷第2期，署名姚青苗。

2月，于苦笑洞创作《默卢散记》（文论），载于1944年《枫林文艺丛刊》第6辑，署名姚青苗。

3月1日，发表《生活风景线》（散文），原载于《文艺杂志》第3卷第3期，署名姚青苗，现收入《中国新文艺大系1937—1949·散文杂文集》，中国文联出版社，1996年版。

3月15日，发表《老魔鬼》（短篇小说），载于《时与潮文艺》第3卷第1期，署名姚青苗。

4月9日，发表《世纪的黑影》，载于1944年《文艺周刊》第23期。

6月30日，创作《野性的黄河》（短篇小说），初载于1946年《骆驼文丛》第2期；另载于1947年5月15日《文艺春秋》第4卷第5期，署名姚青苗。

岁暮，创作小说《黎莎》，载于1946年7月1日《文艺复兴》创刊号第1卷第6期，及载于1946年《新文艺》创刊号和1946年《书报精华》第15期，署名姚青苗。

《世纪的黑影》，载于1944年周刊第23号桂林《大公报》副刊《文艺》，署名姚青苗。

《关于创作的几点感想》（文论），发表在1944年《改进》第9卷第6期，署名姚青苗。

《论创作：在山西大学文艺研究会的报告》（文论），载于1944年《高原》第2期，署名姚青苗。

1945年，三十岁

夏，至西安。在西安《益世报》主编副刊，创办《骆驼文丛》，并为《高原》杂志撰稿。短篇小说《流星——〈特鲁木旗的夜〉的姊妹篇》，载于1945年《高原》第3期，署名姚青苗。

7月15日，姚青苗与友人李尤白、阎栋村在辛亥革命元老景梅九、创造社前辈郑伯奇影响下，在西安组成了由郭沫若命名的“新风文艺社”。

在西安期间，认识一批文友，如景梅九、郑伯奇、鲁荻、张天祺、艾砂、刘布谷等。在此期间，姚青苗的小说除发表于西安的《时代文艺》《高原》，艾砂主编的《正报》副刊，郑伯奇主编的《秦风》工商联合版的副刊外，还有李健吾、郑振铎在上海主编的《文艺复兴》，丰村在重庆主编的《文艺丛刊》，范泉在上海主编的《文艺春秋》，魏荒弩在昆明主编的《枫林文艺丛刊》等。

抗战后期在桂林刊物上发表文章最多，如聂绀弩主编的副刊《新垦地》，葛琴主编的刊物《青年文艺》，司马文森主编的《文艺生活》，张煌主编的《创作月刊》等。同年12月11日，文论《车尔尼雪夫斯基的文学活动》发表在《今日文艺》第1期，署名不详。

1946年，三十一岁

姚青苗因刊登李棣杂文《赵家的狗又吠起来了》，被《益世报》解聘，受国民党追查。

冬，离开西安，受刘布谷之邀去北平主持雪风出版社，主编《雪风》半月刊。

1月1日，发表小说《老人》，载于1946年《高原》革新第1卷第1期，署名姚青苗。

1月14日，发表文论《杜勃罗留波夫小论》，载于1946年《今日文艺》第3期，署名姚青苗。

9月1日，发表书评《丰村的气质》，载于1946年《文艺复兴》第2卷第2期9月号，署名不详。

10月11日，发表文论《写作方法漫谈》，载于1946年《生存：西安版》第4期，署名姚青苗。

《中条山下》（小说），写作日期不详，载于1946年《骆驼文丛》第3期，署名姚青苗。

《论含蓄——写作方法研究》（文论），写作日期不详，载于1946年《生存：西安版》第2期，署名姚青苗。

《默卢书评——女性的秘密》（书评），写作日期不详，载于1946年《书报精华》第22期，署名姚青苗。

《狗的悲哀》，题材写作日期不详，载于1946年12月1日《文艺复兴》第2卷第5期12月号，署名不详。

1947年，三十二岁

时任上海《新闻报》驻西安特派记者、中国地下党员鲁获曾赠诗姚青苗：《再转换一个阵地——送姚青苗北行》，刊登在《新文艺》创刊号上，对姚青苗在西安的工作予以肯定，并鼓励其继续战斗。

春，由故乡至上海，并会见李健吾、丰村，拜访景梅九、胡风。而当时在运城报刊工作的新风社成员阎栋材，也写诗《再会吧，姚青苗！》赠予前去北平的姚青苗，称其为导师、良友，赞其“把青春的血液，点滴地渗入自己的作品”。

随后，由上海北上至天津、北平，主持《雪风》出版工作，任《雪风》出版社总编辑，原计划在地下党领导下开展出版工作，后因刘布谷调回西安，计划未能实现。

在北平参加了全国文协北平分会，协助马彦祥工作，工作重点是联络、发动以北大、清华、燕大、北师大、辅仁为主的北平各院校文艺活动的开展。

5月27日，发表散文《鬼市》，写作日期不详，原载于1947年5月27日上海《大公报·文艺》，署名不详，现收于《中国新文学大系1937—1949·散文卷二》，上海文艺出版社，1984年版。

6月，于北平创作《故都文讯》（通讯），刊登于《书简杂志》1947年第13期，署名姚青苗。

7月，于惊弓室创作《论修养》（文论），载于1947年《一四七画报》第14卷第1期，署名姚青苗。

秋，于北平创作《天堂和地狱》（小说），载于1949年《春秋（上海1943）》第6卷第2期，署名姚青苗。

12月26日，创作《可视贺的》（时评），载于1947年《书报精华》第25期，署名姚青苗。

发表小说《破庙中》，载于 1947 年《骆驼文丛》新 1 卷第 1 期，及 1947 年 9 月《青年园地》新 1 卷第 1 期，署名姚青苗。

发表《穷巷》（小说），刊登在 1947 年《骆驼文丛》新 1 卷第 2 期，署名姚青苗。

发表《星花》（小说），载于 1947 年《骆驼文丛》新 1 卷第 4 期，署名姚青苗。

发表《魔鬼，这黄河——纪念我的祖父》（散文），发表在 1947 年《北方文艺》新 1 卷第 1 期，署名姚青苗。

发表《各地报道——春来迟迟话西安》（散文），载于 1947 年《知识与生活（北平）》第 1 期，署名姚青苗。

发表《画符斋杂记》（杂文），载于 1947 年《泥土》第 2 期，署名姚青苗。

发表《妖》（小说），黄胄插图，载于 1947 年《雍华图文杂志》第 4、5 期，署名姚青苗。

发表《惊弓室杂谈》（时评），载于 1947 年《一四七画报》第 13 卷第 8 期，署名姚青苗。

发表《论作家的“爱”：创作的断想》（文论），发表在 1947 年《一四七画报》第 13 卷第 9 期，署名姚青苗。

发表《新版“三国志”》（时评），载于 1947 年《一四七画报》第 13 卷第 12 期，署名姚青苗。

发表《论“飞碟事件”》（时评），载于 1947 年《一四七画报》第 14 卷第 1 期，署名姚青苗。

发表《论作家的忘我境界》（文论），载于 1947 年《一四七画报》第 14 卷第 2 期，署名姚青苗。

发表《拾渣集：死尸还魂》（时评），载于1947年《一四七画报》第14卷第3期，署名姚青苗。

发表《拾渣集：煮蛇与罐头》（时评），载于1947年《一四七画报》第14卷第3期，署名姚青苗。

发表《创作的断想》（文论），载于1947年《一四七画报》第14卷第6期，署名姚青苗。

发表《记景梅九先生》（散文），载于1947年《一四七画报》第15卷第3期，署名姚青苗。

发表《学习指导：论创作》（文论），载于1947年《雪风》第2期，署名姚青苗。

发表《纪念五四，纪念第三届文艺节》（文论），写作日期不详，载于1947年《雪风》第3期，署名姚青苗。

发表《惊弓室默写》（文论），载于1947年《雪风》第4期，署名姚青苗。

发表《庆云庵》（长篇小说），连载于1947年《新文艺（山西）》第1卷第1期、第5期，署名姚青苗。

发表《论写作方法》（文论），载于1947年《新文艺（山西）》第1卷第3、4期，署名姚青苗。

1948年，三十三岁

4月，于北平创作小说《三个囚徒》，载于1948年《前路文艺》第2卷第2期，署名姚青苗。

4月19日，创作随笔《三个女性的道路》，载于1948年《海内外》第2期，署名姚青苗。

5月于惊弓室创作《论马丁·伊登之死》(书评)，载于1948年7月15日《新艺苑》第4期《海内外》第1期，署名姚青苗。

初夏，创作长篇小说《期待》（上、下），载于1948年《文艺》第5期，随后也发表在1948年《自由批判》第1卷第6、7期，署名姚青苗。

6月，于北平创作文学评论《曹禺的彷徨》，载于1948年《剧影春秋》第1卷第1期，署名姚青苗。

6月5日，发表《陶然亭访墓记》，载于1948年《新艺苑》第3期，署名姚青苗。

6月6日，发表小说《墟》，载于1948年《前路文艺》第2卷第1期，署名姚青苗。

6月15日，发表《沙漠上的死者》，载于1948年《文艺春秋》，署名不详。

7月10日，发表《乡村的晚会》（报告），载于1948年《人世间》第2卷第5、6期（复刊第11、12期），署名不详。

7月15日，发表书评《<双城记>读后感》，载于1948年《文讯》第9卷第1期，署名不详。

8月10日，于惊弓室创作《文艺批评与文艺创作》(文论)，载于1948年8月15日《新艺苑》第6期《海内外》第3期，署名姚青苗。

8月14日，于惊弓室创作《敬悼朱自清先生——知识分子的楷模》（散文），载于1948年8月15日《新艺苑》第6期《海内外》第3期，署名姚青苗。

9月，于北平创作《两封信——致张骏祥、吴永刚》（通讯），载于1948年《剧影春秋》第1卷第3期，署名姚青苗。

秋，在北大纪念鲁迅的大会上，与杨振声、冯至做发言报告。

这段时期，是姚青苗创作最多的时期，在北平、西安、桂林、上海、重庆、香港等地均有所发表，主要集中于北平、天津各报刊。除自己主编的刊物外，还有马彦祥主编的《新民晚报》副刊，赵青勃主编的《北平时报》副刊，赵燕南主编的《新生报》副刊，肖离、肖凤夫妇主编的《平明日报》副刊，沈从文担任主编的天津《益世报》副刊等刊物，以及海涛主编的《北方文艺》等刊物。此外，还为徐昌霖写过电影剧本，但是未能拍摄出来。

冬，离开北平来到解放区，担任正定华北大学文艺研究室研究员。与碧野、荒芜、苏金伞夫妇、范文澜共事。

发表《从“神出鬼没”看逆流》（短评），载于1948年《剧影春秋》第1卷第2期，署名姚青苗。

发表《石评梅女士的悲剧》（散文），载于1948年《人物杂志》第3卷第8、9期，署名姚青苗。

发表《在更房里》（散文），载于1948年《雍华图文杂志》第8期，署名姚青苗。

发表《农村借贷的现状》（时评），载于1948年《农业论坛》第1卷第5、6期，署名姚青苗。

发表《文艺随谈二则：怎样搜集材料》（文论），载于1948年《嘉定导报》第15期，署名姚青苗。

发表《文艺随谈二则：创作的准备》（文论），载于1948年《嘉定导报》第15期，署名姚青苗。

发表《文艺增刊：续文艺随谈——结构和布局、语音的创作》（文论），载于1948年《嘉定导报》第19期，署名姚青苗。

1949年，三十四岁

春，北平解放，华大迁进北京。文艺研究室由张光年领导，应李桦为《进步日报》（原《大公报》）约稿，姚青苗写了反对公式化、概念化的杂文《无题草》，被《解放日报》编辑李亚群批评为“第二个萧军”，在华大文艺研究室展开批判，后于《解放日报》上发表检讨文章。

夏，全国第一次文代大会后，参加了以黄药眠为团长的东北参观团。

秋，华大文艺研究室解散。

1950—2004年，三十五岁至八十九岁

1950年夏，正式调往山西大学中文系任教。

在山西大学中文系任教期间，主要进行文学评论、文艺理论方面的写作，具体如下：

《关于鲁迅先生的二三断想——为鲁迅逝世十四周年纪念而作》（回忆录），写作日期不详，载于1950年《山西文艺》第1卷第4期，署名不详，现收于《姚青苗五十年文论》，北岳文艺出版社，2001年版。

1957年6月，发表《试谈我们目前创作上存在的一些问题》

（文论），载于 1957 年《火花》6 月号，署名桑泉，现收于《姚青苗五十年文论》，北岳文艺出版社，2001 年版。

《一本关于农民起义的小说——〈上尉的女儿〉读后记》（书评），1978 年 8 月 10 日初稿，1979 年 2 月 7 日第二稿，署名不详，现收于《姚青苗五十年文论》，北岳文艺出版社，2001 年版。

1979 年 2 月，创作《怎样才能完成伟大的转移》（文论），署名不详，现收于《姚青苗五十年文论》，北岳文艺出版社，2001 年版。

1980 年 3 月，创作《关于文艺的形式、技巧及风格诸问题》（文论），署名不详，现收于《姚青苗五十年文论》，北岳文艺出版社，2001 年版。

《关于"中间人物"问题》（文论），写作日期不详，载于 1980 年《山西大学学报：哲社版》第 2 期，署名姚青苗，现收于《姚青苗五十年文论》，北岳文艺出版社，2001 年版。

《永远地、坚定地为人民服务——纪念〈讲话〉发表三十九周年》（文论），写作日期不详，刊登在 1981 年 5 月 21 日《太原日报》，署名不详，现收于《姚青苗五十年文论》，北岳文艺出版社，2001 年版。

《论文学的真实性和倾向性》（文论），写作日期不详，载于《山西大学学报：哲社版》1981 年第 4 期，署名姚青苗，现收于《姚青苗五十年文论》，北岳文艺出版社，2001 年版。

1981 年 8 月 15 日完成《文艺问题十六则——为山西省文艺理论研究会第一届年会而作》（文论），原载、署名不详，现收于《姚青苗五十年文论》，北岳文艺出版社，2001 年版。

《一心向党，奋斗终生》（时评），写作日期不详；发表于 1981 年《工人日报》第 4、6 卷，署名姚青苗。

《我的第一篇小说》（散文），写作日期不详，载于 1982 年《山西文学》第 12 期，署名姚青苗。

1983 年 5 月，创作《马克思主义与现代中国文化建设》（文论），原载、署名不详，现收于《姚青苗五十年文论》，北岳文艺出版社，2001 年版。

《关于真实性倾向性及其他——巴尔扎克和托尔斯泰初探》（文论），写作日期不详，载于 1984 年《运城师专学报》第 3 期，署名不详，现收于《姚青苗五十年文论》，北岳文艺出版社，2001 年版。

1984 年 3 月 22 日，于山大完成《伟大的起点——学习胡乔木同志〈人道主义和异化问题〉的体会》（文论），原载、署名不详，现收于《姚青苗五十年文论》，北岳文艺出版社，2001 年版。

《浪漫主义的新探索》（文论），具体写作日期不详，初收于 1984 年 5 月出版的《山西文艺论萃》，以及 1985 年《山西大学学报：哲社版》第 1 期，署名姚青苗，现收于《姚青苗五十年文论》，北岳文艺出版社，2001 年版。

《赵树理散论》（文论），具体写作日期不详，载于 1984 年《山西大学学报》第 4 期增刊，署名不详，现收于《姚青苗五十年文论》，北岳文艺出版社，2001 年版。

《高长虹片段》（回忆录），写作日期不详，载于 1984 年《新文学史料》第 2 期，署名不详。

《运城观剧记》（文论），写作日期不详，载于 1985 年《蒲剧艺术》第 2 期，署名不详。

《草窗斋备忘录——蒲剧杂谈》（文论），具体写作日期不详，发表在 1985 年《蒲剧艺术》第 3 期，署名姚青苗，现收于《姚青苗五十年文论》，北岳文艺出版社，2001 年版。

《莎士比亚的神笔——福斯塔夫典型形象浅探》（文论），写作日期不详，载于 1985 年《运城师专学报》第 3 期，署名姚青苗。

《悼胡风》（散文），具体写作日期不详，载于 1985 年 8 月 29 日《太原日报》，署名不详，现收于《姚青苗五十年文论》，北岳文艺出版社，2001 年版。

《牧马人的爱情悲剧——谈谈张贤亮同志的小说<男人的一半是女人>》（书评），写作日期不详，发表在 1985 年 12 月 25 日《山西大学校刊》，署名不详，现收于《姚青苗五十年文论》，北岳文艺出版社，2001 年版。

1986 年 12 月 5 日，于山大草窗斋完成《永乐宫序跋》（序），署名桑泉、姚青苗，现收于《永乐宫的传说》。

《为莎士比亚与契诃夫学术讨论会而作——契诃夫片段》（文论），写于 1986 年，发表刊物、署名不详，现收于《姚青苗五十年文论》，北岳文艺出版社，2001年版。

《我国新时期文化发展所面临的几个问题》（文论），写作日期不详，载于1986年《山西文化》第5期，署名不详，现收于《姚青苗五十年文论》，北岳文艺出版社，2001年版。

《关于小说主题论述的补充》（文论），写作日期不详，发表在1986年6月9日《太原日报》，署名不详，现收于《姚青苗五十年文论》，北岳文艺出版社，2001年版。

《论历史人物的塑造》（文论），写作日期不详，载于1986年7月17日的《山西日报》，署名不详，现收于《姚青苗五十年文论》，北岳文艺出版社，2001年版。

《两兄弟：秋林纪事》（散文），写作日期不详，原载于《联合画报》，后载于1986年《黄河》第2期，署名不详。

《写〈两兄弟〉时想到的几点》（文论），写作日期不详，载于1986年7月7日《太原日报》，署名不详。

《现代主义与中国当代文艺的关系》（文论），写作日期不详，刊登在1986年《批评家》第2卷第5期，署名姚青苗，现收于《姚青苗五十年文论》，北岳文艺出版社，2001年版。

《手、鼻子及其他》（随笔），写作日期不详，刊登在1986年《山西文学》第11期，署名不详。

1987年2月2日，完成《文艺杂谈》（文论），写作日期不详，载于《太原日报》，署名不详，现收于《姚青苗五十年文论》，北岳文艺出版社，2001年版。

1987年3月9日，创作《文艺创作必须坚持社会主义方向》（文论），载于《太原日报》，署名不详，现收于《姚青苗五十年文论》，北岳文艺出版社，2001年版。

1987年4月16日，发表《值得注意的一种趋向》(文论)，写作日期不详，刊登在《山西文艺界》，署名不详，现收于《姚青苗五十年文论》，北岳文艺出版社，2001年版。

《关于文艺创作与理论的随想》(文论)，写作日期不详，载于1987年《山西大学学报：哲社版》第2期，署名姚青苗，现收于《姚青苗五十年文论》，北岳文艺出版社，2001年版。

《秋夜小记》(散文)，写作日期不详，署名姚青苗，现收于《在燃烧的土地上》，姚乃文、姚宝瑄主编，1988年版。

《再谈手的艺术》(文论)，写作日期不详，刊登在1989年《蒲剧艺术》第1期，署名不详，现收于《姚青苗五十年文论》，北岳文艺出版社，2001年版。

《我国当代文艺发展中的几个问题》(文论)，写作日期不详，发表在1989年《山西文化》第4期，署名不详，现收于《姚青苗五十年文论》，北岳文艺出版社，2001年版。

1989年6月15日，发表《从“心谏”到“笔谏”》(文论)，写作日期不详，载于《文学报》，署名不详，现收于《姚青苗五十年文论》，北岳文艺出版社，2001年版。

1989年8月2日，发表《怀念沈从文先生》(散文)，写作日期不详，刊登在《太原日报》，署名不详，现收于《姚青苗五十年文论》，北岳文艺出版社，2001年版。

1989年10月20日，发表《草窗斋随笔二则》(随笔)，写作日期不详，刊登在《山西大学校刊》，署名不详，现收于《姚青苗五十年文论》，北岳文艺出版社，2001年版。

《坚持历史唯物主义丢掉乌托邦主观主义——兼评电视片〈河殇〉》（影评），写作日期不详，载于1990年2月20日《山西大学校刊》，署名不详，现收于《姚青苗五十年文论》，北岳文艺出版社，2001年版。

《是谁走入迷津：评〈河殇〉》（影评），写作日期不详载于1990年《山西大学师范学院学报》第3、4期，署名姚青苗。

《观我生赋》（自传），1990年初稿，1994年定稿于草窗斋，载于1995年《黄河》第2期，转载于1998年《山西文史资料》第3、4期，署名姚青苗，现收于《姚青苗五十年文论》，北岳文艺出版社，2001年版。

《随想二则》（文论），写作日期不详，载于1990年《黄河》第6期，署名不详，现收于《姚青苗五十年文论》，北岳文艺出版社，2001年版。

《忆高长虹》（散文），写作日期不详，刊登在1990年《山西文史资料》第2期，署名不详，现收于《姚青苗五十年文论》，北岳文艺出版社，2001年版。

《与高长虹同住一孔窑洞》（散文），写作日期不详，初载《新文学史料》，署名姚青苗；现收于《汾晋遗珠》（1994）及《新笔记大观》（1996）。

《报告文学漫谈》（文论），写作日期不详，载于1991年《山西大学学报：哲社版》第14卷第1期，署名姚青苗。

《小说散论》（文论），写作日期不详，载于1992年《山西文学》第3期，署名不详。

《死者和生者》，题材写作日期不详，载于 1993 年《黄河》第 1 期，署名姚青苗。

《我与沈从文、丁玲和周扬》（自传），写作日期不详，刊登在 1995 年《黄河》第 4 期，署名姚青苗。

《往事回忆录》（回忆录），写作日期不详，发表在 1995 年《沧桑》第 6 期，署名姚青苗。

《忆诗人艾青》（散文），写作日期不详，载于 1996 年《黄河》第 5 期，署名姚青苗，现收于《姚青苗五十年文论》，北岳文艺出版社，2001 年版。

《草窗斋散记》（散文），写作日期不详，载于 1996 年《火花》第 2 期，署名不详。

《回顾与展望》（时评），1999 年元月于草窗斋完稿，原载、署名不详。

2004 年，逝世于太原。